心有猛虎，细嗅花香

董斌 著

中国华侨出版社

图书在版编目（CIP）数据

心有猛虎，细嗅花香 / 董斌著 .—北京：中国华侨出版社，2017.9

ISBN 978-7-5113-7012-9

Ⅰ.①心… Ⅱ.①董… Ⅲ.①随笔—作品集—中国—当代 Ⅳ.① I267.1

中国版本图书馆 CIP 数据核字（2017）第 196010 号

心有猛虎，细嗅花香

著　　者 / 董　斌

责任编辑 / 桑梦娟

责任校对 / 王京燕

经　　销 / 新华书店

开　　本 / 880 毫米 ×1230 毫米　1/32　印张 / 8　字数 /171 千字

印　　刷 / 三河市华润印刷有限公司

版　　次 / 2017 年 11 月第 1 版　2017 年 11 月第 1 次印刷

书　　号 / ISBN 978-7-5113-7012-9

定　　价 / 32.00 元

中国华侨出版社　北京市朝阳区静安里 26 号通成达大厦 3 层　邮编：100028

法律顾问：陈鹰律师事务所

编辑部：（010）64443056　　64443979

发行部：（010）64443051　　传真：（010）64439708

网　址：www.oveaschin.com

E-mail：oveaschin@sina.com

自序

聆听花香，是我的笔名，这是个富有诗意也很女性化的名字，但其实我是个爷们儿，纯爷们儿。

这名字的由来还有点故事。2004年，朋友拉我进当时名噪一时的"榕树下"（中国原创文学网站），恰好当时正听一首歌叫《那时花开》，就给自己起了个笔名叫"聆听花开"，只是登录时大意，写成了"聆听花香"，从此，这名字在"榕树下"和江山文学网小有名气。

我在年轻的时候喜欢上了喝茶，常常边喝着茶边读书，读诗词和爱情的书，凭借着这些压底儿，于是有了《茶之感悟》、《一个人的旅行》和《岁月如歌，随花绽放》；我当过兵，笔名的误导，并不能掩盖我是个热血男儿，于是有了《昂扬，你生命中的旗帜》、《三本书，诉不尽的军旅情》及《我给爸妈敬军礼》；我自认为是个非常孝顺的孩子，我把我的感悟凝结在《秋天，有暖暖的风吹过》、《要尽孝请趁早》的文字中，向读者倾述。

其中，《秋天，有暖暖的风吹过》被列为当年全国最佳散文候选篇目，目前被多种文集选入；《茶之感悟》获得了中华美文大赛金奖；《曾经，渐行渐远》、《岁月如歌，随花绽放》获得了盛京文学全国大赛散文奖；《昂扬，你生命中的旗帜》获得中华散文大赛暨纪念红军长征胜利 80 周年最佳美文奖及特等奖。

这么些年，照顾父母的闲暇时间，断断续续地写了些自己的小心情、小感悟，在网络上创作的小说、散文达到了 30 万字。2010 年以后，由于老妈脑萎缩加剧，我把老妈接到家里照料，写字和看书这件事便搁置了四年。老妈长期住院雇人护理以及父亲去世后，这点小爱好死灰复燃，一年时间里先后有五十余篇文字见诸报端及自媒体发布平台，在此要感谢相关工作人员，是他们的鼓励和关照给了我莫大的支持，让我在文字的路上有信心并开心地走下去。

也有很多时候我会问自己，写作到底是为什么？一种爱好吗？一种小谈资吗？还是为了一种虚荣心的满足？想想，好像什么都是又什么都不是。小打小闹，赚点稿费太可怜，这年纪了，才想成名成家有点天方夜谭。所以，就当个玩儿吧，开心自己也许还能和别人一起感悟，够了，别无他求。

目
录

第一卷　茶韵花香

第二卷　阳春白雪

第三卷　赤子之心

第四卷　与书结缘

第五卷　昨夜闲谭

第一卷

茶韵花香

「 茶 之 感 悟 」

从前，我很少喝水，更别说喝茶。即使要喝水，也大多是在运动后，咕咚咕咚地喝点白开水或自来水解渴。后来，听人建议每天要多喝水，但又觉得自来水不卫生，白开水没滋没味，于是就想起了喝茶。

我几乎是有什么茶就喝什么茶，绿茶、茉莉花茶、乌龙茶都喝过，起初喝茶的时候，绿茶喝得最多。绿茶里有印象的是，喝过龙井、碧螺春、毛尖、井冈山竹叶青等等。

喜欢看龙井的叶子在透明的杯子里，舒展开来的样子，根根直立，起起落落，层层叠叠。远远望去，像极了一片绿绒丰草，郁郁葱葱的，有如天边的云卷云舒，又似人生的花开花落。那时，我身体还没有痊愈，常常会失神地想着自己以后的人生和命运，担心自己的身体和前途。一天，当我看到，茶叶在三起三落后，依然顽强地挺立着，突然会意地和茶叶们笑了起来，觉得自己也不能每天胡乱寻思，应该坚强些，尽快摆脱疾病带来的烦恼，活一天就活好一天，要有大文豪苏轼"休对故人思故国，且将新火试新茶。诗酒趁年华"的心态，以超然豁达的态度对待以后的人生，以乐观的心情摆脱疾病的折磨，让自己重新振作起来。

心情好了，工作也有了些成绩，又获得了去大山里疗养的良机。摆脱了城市的喧嚣，超然于功利之外，整天优哉游哉，过上了白居易所说的"食罢一觉睡，起来两瓯茶。举头看日影，已复西南斜"般饮食无忧的神仙生活。在山里有幸品到了一种叫井冈山竹叶青的茶，无论茶型和味道都与竹叶毫无差别，几乎就认为是竹叶而不是茶叶。那时，我终日里居绿水人家，出信步草亭，食山奇野珍，饮清泉甘露。一杯茶、一张椅、一本书，闲看天天山花以明目，静听啾啾鸟声以悦耳。一碧晴空为我解忧，万壑松涛涤我心胸。到了夜晚，于小桥小店之处沽酒，填初火新烟烹茶，与众人同观七八个星天外，共赏三两点雨山前，高歌"稻花香里说丰年，听取蛙声一片"大快我心！

有一种茶令我至今记忆犹新，那是朋友从四川带来的一种叫"碧水青天"的茶。看制作工艺像极了碧螺春，只颜色是墨绿的，没有碧螺春带着的那丝白绒。将这茶在紫砂杯里甫一泡开，"唰"地一下，茶叶便齐齐地覆盖在杯面上，形成一层碧绿，一缕缕氤氲带着茶香在田田"荷叶"间升起，仿佛一下子把我带进了"接天新绿无穷碧，习习西风淡淡烟"的意境里。我相信我那时一定是看见了一幅中国的水墨画，朦胧着挂在我的眼前，那是只有中国的水墨画才能描绘的雾里水乡，在那里，有袅袅炊烟飘过，绿舟在如镜的碧水中徜徉。那茶苦极，刚一入喉，就有苦彻心脾之感，猛然间，似把我的身体向后一推，不忍再进此茶。可俄而又感觉从舌尖升起了一丝甜意，一种苦尽甘来的清香使你回味无穷。再喝一点，忽觉双目有神，浑身通泰，口舌生津，一杯春露，两腋清风，大有流连忘返，应绕嘴三日之感。得饮此茶，美哉快哉！

喜欢茉莉花茶的冲天香气，香而不腻，娇而不媚，像直率人的品格。有好友来访，香茶一杯，茶暖人心，香润人意，品茗畅叙，不亦乐乎。诗曰："一盏清茗酬知音"，就是这种情形；而或，秉灯夜读，茶助文思，思如茶香，"起尝一碗茗，行读一行书"。常常一边喝着茶，一边吸嗅着茶香，思绪便随茶烟纷飞，无边无际，被它陶醉，甚慰我心！

不善喝乌龙茶，总觉得它有一种甜腻腻的感觉，味道浓而重，黏黏糊糊的。如果说绿茶、茉莉花茶是单纯、娇媚的处子，那乌龙茶就像是一个挂满金饰的贵妇。虽然它作为工夫茶，享誉全球，但美则美矣，总觉得它人工雕琢的气息太浓，被加进去了很多人类赋予的所谓茶文化，手续繁杂了许多，自然气息变淡了些，远不似绿茶、花茶那般清淡而久远。

步入中年以后，历经朝云暮雨、花开花落，早已不是"为赋新词强说愁"的年纪，没了青春年少的张狂和浮躁，多了"枕上听新蝉"的淡定和从容。喝茶也从浅酌轻啜换作了开怀畅饮。

家中也还泡着茶水，只不过是为了忙碌一天后的"败火"；书前，依然备着杯茶，但那也只能算是锦上添花；时常也将茶灌满旅行杯，却只是为了旅程、运动后的消暑解渴。那种喝茶是为了给自己营造某种读书或工作氛围、借品茗显示自己品位的心思早已离我渐行渐远。

有朋来访，按规矩依然欲用精美的茶具泡茶，不成想这老兄端过我家沏过的一杯凉茶，"咚咚咚"地喝了个一干二净。喝完，摸了下嘴巴对我说："别弄那些虚套子，还是这样实在，爽！"

喝茶的目的本来就是为了解渴，所以喝茶一定要大口地喝、痛快地喝，怎么过瘾怎么喝。附庸风雅也好，开怀畅饮也罢，无论怎样，开心就好。

人生大抵如此，浮华过后，平淡的快乐即最真实。

「 岁 月 拂 尘 」

一杯茶

坐在藤椅上，阳光洒落一地朝晖，有一丝和风如水般拂过，几许蝉声过后，一只雀鸟蹦上窗栏，时而好奇地向屋里探头望，时而调皮地啁啾吟唱；袅娜的藤萝载着许多晶亮的露珠，一展腰姿，舒缓地掠过眼前，清晨，刹那间灵动起来。

茶香若有若无地飘来，茉莉花一经水的滋润便立刻饱满晶莹起来，轻灵剔透，像是精工雕琢的白玉。花香袅袅如雾般升腾，令人仿佛置身于悠悠南方：青山绿水环抱着满树茶香，一曲茶歌染绿锦绣江南；轻灵茶女身背茶篓穿梭于茶树丛中，玉指皓腕，茶间舞蹈。

"水是眼波横，山是眉峰聚，欲问行人去那边，眉眼盈盈处。"不由不想起这首词，不由不想江南："日出江花红胜火，春来江水绿如蓝"，苏堤春晓、亭台楼阁、小桥伴荷花流水，古道随芳草天涯。江山如画，多少风流人物辈出的江南。你让我每每念起，竟总是如梦如痴到魂牵梦绕，感慨万千至高山仰止……

一首歌

《素敵》的曲调，静美地叙述着"日游"《终极幻想》中的故事，如小溪潺潺，似甜美的沉吟：

太美了！
放我的手在你的手中
欢快地走在铺满红叶的小道
只是轻轻地拥抱
整个天都醉了
恍若梦中

静静地听着，属于青春的记忆便蓦然而生。那些传过的纸条如今已渺无踪影，纸条那边的人更是音讯难寻；城市的某个角落"爱你爱你爱你"的粉笔字已模糊成几笔线条，那里有失落的歌手为爱情唱悲伤的歌；那辆载过她的单车已锈迹斑斑，很多年它一直默默无语，把它处理给小贩那天，它发出沉重的叹息，令我不忍割舍，泪流满面；远处，铲车开来，推倒了花红绿柳、矮矮的疏墙，那些属于青春的欢声笑语，属于昨日的似锦年华都已灰飞烟灭。消失的楼宇可以重建，多么希望那些羞涩的、纯纯的、动人的、甜美的爱，也可以永恒，永世不忘！

然而，无可奈何，最终也要成为过往云烟，落花流水里春去春来，摘一束最适合自己的玫瑰；花开堪折直须折，莫待无花空折枝也好，莫让年华付水流也罢，爱，就好好爱吧，把握现在！

想起欧阳修的一首诗《生查子》：

去年元夜时，花市灯如昼。
月上柳梢头，人约黄昏后。
今年元夜时，月与灯依旧。
不见去年人，泪湿春衫袖。

想当年欧阳修一定是期待与落寞同在，失落与怀念并存吧。去年燕子天涯，今年燕子谁家，花开花落依旧，换了人间。只是一首诗的回首，时光便匆匆流过。斯年已过，不是今夕，又是今夕，今夕何夕，物是人非。有些爱情抵不过煎熬，却缠绵悱恻，随时光愈久弥新，成就无数爱情楷模；有些爱情敌得过苦难却敌不过时间，可以共苦，却守不住幸福。人，越开化越离散，轻言分手。有些爱情，适合怀旧；有些守望，适合美好；有些长相厮守，只能穿越成唐宋诗篇。

「 遇 见 春 天 」

冬天总是被吹散在风里雨里，化成水滋润了大地。那些喝饱了水的草，便猛然抬起头，从地下噌地钻了出来。起初，它们还很羞涩，又像是和你躲着藏着什么，而一旦你从远处望去，那一片片草绿掺黄，漫天遍野铺展开来，无涯，天尽头，还是春。继而，寒冰消融，杂花生香，燕飞禽戏，雨露滋润。呦呦鹿鸣，食野之苹，我有春茶，浅斟低吟。待到溪流也发出淙淙清唱，鱼儿蹦出水面开始撒欢，鸭子划开一池绿水，岸上一丛丛、一叠叠、一树树的赤橙黄绿青蓝紫扑面而来，你知道，春天又在冬天里活了，纤手拈花不语，粉面桃花羞人。

春天在画里、诗里、镜头里开了，几分浓烈，几分暧昧，几分乖巧，像极了那些直爽的女子、眉目传情的小妹、静如处子的女生。

你的心思和花的心思就融合在一起，有一些含情脉脉，有一些相对无言，不可说，不可摘，吹弹即破，恐惊了花儿，倏地就会落下，又像极了初春的恋情，欲说含羞，欲说还休，总把心思换了一江春心，柔柔，她懂你知，月重圆，黄昏后。

有风乍起，一时落英缤纷，化了泥、碾成尘的，也该是一生一世的守候；随了水的，化了相思，南北东西，都是相思，滴滴离人泪。有人独倚高楼，有人望穿碧空，有人独自对花愁。闲眠寒毡觉春冷，被重始知是心寒。说什么春暖花开，却还是乍暖还寒，一种交替，别样心情，便经了风淋了雨，念相聚，几时重。暗夜叹无可奈何花落去，月明盼似曾相识燕归来。待晴日，寂院忽闻雀喜，云中锦书归来，也是春天，还是春天，在爱里开了，开出来个春花浪漫红艳艳，开出来个姹紫嫣红红彤彤，这才是春天，这才叫春天。

「品一壶茶
识天下春」

　　人在江湖，功未成，名不就，却也安心地在单位里干着自己的一份活儿，凡事不争不抢，处事安分守己，做事踏实守成，夫妻关系和睦，尽心孝敬父母，倒也落得个安心自在。

　　春日的闲暇里，背着相机，遍寻风景，回来略显疲惫，恰逢快递送来好友寄来的云南高山碧螺春，便猛然间兴致起，登上顶楼，泡一壶茶，品天下春。

　　其时，春日午后 3 点，南风微醺，日光也不和眼睛作对，"北京蓝"里点缀些白云的写意，柔和出几分畅快。仰视，一碧千里无涯；俯视，万丛花开赏心；静听，鸟儿啁啾悦耳；闲坐，一杯清茶留香，此乐何极。

茶，极纯，2600 米高山嫩芽尽载杯中，似绿水环绕，清得透亮，淡得舒雅。仿佛有淡淡清风阵阵烟，云里雾里，荷叶起舞，碧水天涯。有人踏歌而来，吟唱着楚辞汉赋，泼墨着唐宋画卷，于是，乐府小雅、魏晋风流也扑面而来，日出而作，日落而息，自由自在。如此天高地远，恬静安然，便想起小时候，而以后多年的某日，也会想起今天的现在，何等的舒坦。

茶，回甘，甫一入口也不觉苦涩，细品不似其他绿茶只是清鲜，竟有些桂花的醇香。茶香袭来，茶烟袅袅，人在北方，心在南方，正是采摘时节，素颜处子，明眸皓腕，纤手舞弄，辅以时日，叶叶芽芽收罗其中，确是来之不易，就像是青春都浓缩进这杯里茶里，听清纯的歌儿，听青春的笑，再饮，竟多了几分舍不得。于是，多想留住年少，年少一去不回，曾经终究走远，来日半生时光，与其纠结流水落花春将去，不如笑看茶起茶落趁年华，茶不醉人自醉，低了眉眼，柔了目光，心胸却了然开阔。

茶品半杯，慢咂滋味，略得耐心之奥妙，方知凡事需细心揣酌，才识万物本真、本色，品茶如此，品人、格物皆应如此，于是便可洞察细微，见微知著，触类旁通，而后，视界大开，一片空明油然而生。明知此理，大快人心，余一杯茶，一饮而尽，顿觉口舌生津，滋润在喉，清心气爽，耳目一新。

饮罢，犹未尽兴，近傍晚，月出如盘，遥看嫦娥弄花，吴刚捧酒，遂邀一好友，品茶赏月。好友嗜酒，对下酒菜并不放在心上。捞出一碟自家泡的酸黄瓜，切上一大盘酱牛肉，新出炉的盐爆花生米，最后来个爆炒尖椒鸡胗，开一瓶陈年老白干，菜是荤素搭配，红白相宜，冷热两全，酒是热辣火烈，醇香扑鼻，看着馋人，想出口水，这就算是齐活儿了。

好友也没闲着，我糊弄酒菜的当口，喝着我给他泡的一杯江山茶，没想到一个嗜酒的人，竟然忘了喝酒，连呼这茶好喝，一会儿工夫，就喝掉一壶，还让我给"续上"，问他这茶叶怎么个好法，支支吾吾也说不出个所以然，"反正就是，香，甜，清，好看，好喝！"倒也敞快直白。

小酒进肚，话匣子打开，老哥哥原来是一个企业的厂长，有水平着呢，凡事都能说得头头是道；酒微醺后，说起当初自己的成功进步，眉飞色舞，兴致勃勃。泡一壶茶，温一壶酒，邀一好友，两人对酌，无周遭喧嚣饶耳，无功名利禄喧哗，小论国事家事、上下古今，涤尽人间浮华。或一口酒，一杯茶，一口荤，一口素，清白分明，口无遮拦，坦坦荡荡，何等畅快。

好友嗜酒但不善饮，属于半瓶正好的量，用他自己的话说就是"每日喝点小酒就好，不耽误事就好"，三杯两盏过后，几番激昂文字说罢，不用劝，劝也劝不住，抬屁股走人，回家睡觉。"壶里情谊在，杯中岁月长"，脑海里冒出的句子，算是给这次小聚浮一大白。

月晃晃，星光灿烂，灯火辉煌，天下通明，想江山也该是同此凉热，于是，再温上一壶茶，心下遥祝：共祈愿，家和国安！

「 夏 荷 」

一个人的旅行在夏日荷塘，于艳阳高照里邂逅"接天莲叶无穷碧，映日荷花别样红"，有红红白白的小荷，身着罗裙的莲女。当时情歌盈耳，小船划开一池清波，白藕般的手臂，兰花般的手指，娇羞的面容，脑海里"出淤泥而不染，濯清涟而不妖"的字句便油然而生。

水面这时看似宁静，有浮光掠影，几只鸟儿在厚实的荷叶上时而舞蹈，时而喝着荷盘上的甘露，见有船来，"扑棱"地飞远。那水下有金鱼游泳，南北西东，开心时居然一个挺身，上来瞧瞧，然后钻入水中，再也寻它不见……

所以，即使有缘，未必就能相识。回眸一笑，也仅仅是擦肩而过。

近黄昏，荷田远望，那些含苞怒放的荷花犹如把把亮闪闪的火炬，又似浓烈的杯杯红酒，染了天，着了云，动了心。及至夜晚，月光如水，微风习习，只只萤火虫开始装饰夜幕，纺织娘、青蛙、知了齐鸣。蛙儿最耐不住寂寞，顽皮地跳入水中，只是"扑通"一声，就随着水波"唰"地扩散到池塘的那边，炫耀似的唱起歌来。

一泓碧水，有荷花铺衬，想想就如清水润心。"习习西风淡淡烟，素月缥缈青烟间"的意境里，婆娑的绿苇，或舞或歌，泼墨成一幅世外山水，朦胧地挂在我的眼前，那是只有中国的水墨画才能描绘的雾里水乡。在那里，有袅袅炊烟飘过，绿舟在如镜的碧水中徜徉，赏心悦目，欢快自有人知。《击壤歌》唱：日出而作，日入而息。凿井而饮，耕田而食。帝力于我何有哉。意在远古，却令今人艳羡不已。

于是真想长居此地，于池旁小亭，日日笑对荷花，啜饮莲茶，一杯春露，两腋清风，无杂音绕耳，无世俗入目，何等的悠闲！何等的惬意！令人追往。

「 水 仙 花 二 则 」

其一

北方的水仙花大都开在春节前，是迎春也是祝福。每年花开时节，对于我都是一份欣喜，她的花叶玉树临风、亭亭玉立宛如少女。花儿馥郁芬芳，如酒如糖；花根洁白脂腻，花蕊如白玉玛瑙，晶莹剔透。

阳光下的水仙花一副晶莹剔透的处子模样，可人可爱，有风来，花，如水环绕，花香袭人，你会有一种错觉，你和花儿是一对恋人，就这样缠缠绵绵在一起，分都分不开。幻想，有时只是想想而已，美梦，常常是昙花一现。可水仙花是那种即便过了花期，把根埋在土里，把爱埋在心里，待春风吹拂，再给你满眼春光的花。她甜美，有耐心，把全身心的滋养，等待，留给一个人，留给一个季节盛开，如此多情，如此动人。

见过一对儿热恋中的情侣，在花店选中了一盆水仙，女孩儿不由自主地为水仙沉醉，忘了周遭，恍若爱中，轻轻地吻了下男孩，我的天，那一日，不再是花香满室，爱，香透了整个天，羡煞旁人。

水仙绝对是那种把一盏茶，听着丝竹小调，看一本闲书，置身于中国传统文化的熏染中的那种花卉。水仙的花香袅袅飘来，你会感到周边都沉浸在轻纱弥漫之中，有凌波仙子长歌善舞，眉目传情，你眼前一下子就山清水秀起来，恍若仙境。慢饮一杯龙井，原本的清香里有了甜甜的滋味；细品几段文字，顿如溪流入心，全身通透，心明眼亮，清脑生神。

有个写字的爱好，闲来打发时光。写字不求进展，只为抒发情感。有水仙相伴的日子里，便更是优哉游哉，如老友相随，共古今畅聊，同挥笔泼墨；如淑女陪读，她低着头不说话，就那么脉脉含情地看着你，沉浸，不知是读书，还是读花儿。

雪花飞舞的夜，斟一杯茶，举杯，能饮一杯无？满满的爱。

花有成千上万种，能入眼的就是缘。水仙花开不易，能滋养得好，花开得美，更需要投入情。花有此心，人通其意，日久生情，把水仙当成了宝儿，不能凉也不能热。凉了不打苞，热了花朵会瘪；水多叶折腰，水少无姿色，不用心不成。养水仙譬如经营爱情，需用心浇灌，开出的花儿才能成色十足，忽冷忽热不成，没耐心不成，太木讷不成，太计较不成，太孩子气也不成，小心眼儿更不成。爱与花一样，各入各的法眼，有些花好伺候，给点水就开花结果，有些花娇贵，变着法子施肥倒腾盆儿，到头来，也是空欢喜一场。爱情结果也没有标准答案，恋爱成功也不一定是书上教给你的路子，各有各的道道儿。精心呵护是好，但天天当成心头肉，太痴迷了，花会枯萎，人会受伤。

其二

（一）

除去水仙那层棕色外皮，就露出你冰清玉洁的内心，我小心翼翼地用颤抖的手轻轻抚开你的四肢，你便满心欢喜地舒展开来，甚至欣喜出几滴玉露，令人堪怜。用了椭圆形的瓷花盆为你安了个家，注入清水后展露出你玉白的胴体，凝脂含香，春露华浓。我用些小石子点缀其中，石子上有朋友画过的春兰秋菊、夏荷冬梅，别是一番风景。"家"是靛蓝打底，图案却是水仙盛开时的样子，给人希望和遐想。今年的你会长成什么样，是大家闺秀还是小家碧玉，是玉树临风还是静如处子，我便在这希望里安静地等你，等你一场跨年度的盛开，一份开朗的心，一脸妩媚的笑，等你动如长歌当舞，等你静如茶香怡人。

等你的第一天，你如白云出岫；等你的第二天，你似春草嫩芽；只是三五天以后，你便长成亭亭玉立的处子，葱茏葳蕤，绿袖盈盈。有微风袭来，你袅娜起身姿，迎风起舞。我看着你，犹如置身于万顷碧绿的青纱帐里，有淡淡烟，似在画中。

（二）

那一天我微微睁开眼，看那男子围着我忙前忙后，怕我渴了，给我加水；怕我热了，给我换水；怕我冷了，用电热毯加温。我从南方来到北方，你捧在手里怕摔了，含在嘴里怕化了。很多时候，就像今天这样为我忙碌。闲时，你常常会坐下来看我，等我，等我，绽放的容颜。终于有一天我再看到你的时候，你紧紧地贴近着我，那是我含苞待放的时刻，我听到的呼吸是那么急促，温度里燃烧着期盼和炙热，而我也把生命中最灿烂的一刻化作笑容，在此时倏然开放，白玉一样洁白，玛瑙般细腻，柠檬般清香。

你害羞了，居然！挺大的老爷们儿，我看着你笑啊笑啊，笑声像山涧清泉，在幽谷回响。

春日的假期里，你总是陪我在美好的乐曲里，听鸟鸣婉转，听流水淙淙，似暮鼓晨钟，如天籁之音。你靠在我边上的床背上，看着一本书，茶几上有一壶茶，一小盘干果，放着歌儿，一部早已不常见的老式半导体收音机。有时你会换换心情，音乐换成了评书，时尚而怀旧。人常说，念旧的人的心是柔和的、安静的、善良的，像此刻的你，怜爱地看着我的目光，有暖暖的忧郁。后来我累了，在明媚而晴朗的日子里睡去，有歌声唱着我们在一起时欢快的岁月，像一首恋爱的歌。

（三）

我再次把你修整好，埋在土里，你没有走，只是进入了春眠，这让我并不那么伤感，反而有了更多的期待。我希望你安安静静地休息，健健康康地为我保养好自己，做一个美好的梦，梦里我们也会在一起，一起听歌，一起读书，一起在阳光下晒着开心，想想都那么令人兴奋。好吧，从今天起，又是个崭新的开始，祈祷，又一个花季的到来，一起，聆听花香。

「 太 阳 花 」

一

春天，我和它一起从地里钻出来，嫩绿嫩绿，透着新鲜的味道。那时的阳光还很温煦，暖暖地照着我也照着它。起初，我的个子比它长得快，它却显出几分脆弱，好几次被风吹倒，几乎被泥水呛到。我就在它身边，看它如此不堪一击，心生爱怜。但我还小，爱莫能助又无能为力，差点急哭了。直到有一次，那个莽撞汉子就要把它碾在脚下，我着急，使劲儿地伸出自己的手臂……

奇迹就这样出现了，我揽它入怀，救了它的命。它吻了我，老天，初恋，真的这么好玩吗？随后，我自然攀缘上它，我用我渐渐粗壮的手臂维护着它，一起生长。我是藤，它是太阳花。

二

夏天来了，它比以前强壮了许多。我对它充满爱慕，想找个机会向它正式表白，我等，等我长到与它同高，我会！

可是它越来越漂亮了或者越来越帅气了，有时候真让我有些气馁。

阳光炙热起来，释放出满满的正能量。它也开始让自己开出最惊艳的美，每天天刚蒙蒙亮，就梳洗打扮，只为让阳光看到它一天中最美的容颜，以便第一个给阳光发出爱恋的问候。

也就是这时，它开始对我产生某种反感，有时会很夸张地奚落我的瘦弱和矮小，看着它的美丽和骄傲，我更加自惭形秽，而它早已忘了，它也曾这样不堪过，而我从没嫌弃过它。于是，我知道了：感恩、感动是一回事，爱情是另一回事。

但现在，我几乎成了它身体的一部分，如何才能摆脱？我可以放弃爱，但却放不下思念。

它的奚落在继续，那些在炎热里都可以令人不寒而栗的语言，似乱箭穿心；它不愿我那身土褐色的衣装影响太阳对它的好感，经常扭动它曼妙的身姿，想甩掉我这个包袱。每扭动一次，它浑身的刺儿都扎在我身上，而我却无法躲避，因为缠在它身上，我早已成了它的一部分。

起初，我还认为这种纠结，只是爱的一部分，还天真地想象：越是相爱的双方，越容易让彼此受伤。但局外人只要一眼就会看出，它只是围着太阳转，而我则是它的仰慕者。只是做不了爱人，我们也不是敌人，而它，怎么会忍心折磨我，怎么会舍得我难过。

三

秋天，它更加强壮，只是脸上开始出现这样那样的斑点，它厌恶我到了极点，指责我像个瘟疫，把自己身上的疤传染给了它，我无语，在心里哭泣。

阳光没那么热烈了，它有点怕太阳看到自己脸上的斑点，总是低着头，但却沉重得再也抬不起来，阳光也从它的容颜前溜走，去关照别的什么花儿了，它似乎有点后悔了，经常私下抽泣，而每一次的扭动，又让我再次受伤，千疮百孔。

我知道它很难过，也正承受着一如它曾给过我的苦痛。既然爱它，就不能再让它受伤，我不埋怨它，谁让我宁愿认为：爱它是我自己的事，不管它爱不爱我，以至于它，可以完全不顾我的感受。我曾经义无反顾地给自己挖了个坑，忍着苦，也要和它站在一起。

也许陪伴是接下来的日子里，最好的解药。

我很少再和它说话，我知道它不想听我的任何安慰，它要自我疗伤，而我安静地聆听就好。

它开始不厌其烦地说着它和太阳的恋爱，开心的、伤感的。它希望我能在它需要回应时，和它一样表现出理解、甜蜜和辛酸，它说它没什么后悔的，天长地久太老套了，在这个世界已经成了稀罕物，然后它自嘲地笑了笑，哭了……

除非它询问太阳的轨迹，我一句多余的话都不说，从它祥林嫂似的牢骚里，我知道它嘴硬，还惦记着太阳。我想它是幸福的，它曾经拥有过开心，而我现在连心酸都没有。因为我懂了，其实在它眼里，我始终是个旁观者，聆听者，所有一切都与我无关，也用不着我来安慰和操心。所以，我释然了，只是更加沉默。

四

深秋。一夜之间，它的全身都与我成了一种颜色，它震惊，心有不甘，大声哭泣。然而，它颤抖地挣扎也没能换来太阳一个眼神的眷顾。后来，它老了，连断断续续的回忆都懒得说了，它说它要被风带走了。

而我早已爬到了它的顶端，伸出了手臂帮它阖下了不甘的眼。空中到处飘着忧郁：你听寂寞在唱歌，轻轻的，狠狠的，悲伤是那么残忍，怎么能让它停呢？

我曾经设想过我会哭来着，可后来觉得似乎这一切已经与我无关了。我把最好的爱埋藏在心里，除了太阳的目光会怜悯地路过，谁都不知道这段爱。

心痛无声。

「 蓝 蓝 的 天 里
玉 兰 花 儿 开 」

　　是谁喊了一声"春早",参差不齐的"到",桃红柳绿梨花白,不见玉兰开放。于是,红的白的,含着苞儿,打着朵儿的还是静静地站立在那里,任你期盼,等待;风来了,吹过她们的面颊,雨滋润,吻过圆润的红唇,等待,依旧等待,不是风,也不是雨。

　　路口有个女孩,一边张望,一边打着手机,脸上没有焦虑,我喜欢她迷人的眼睛,和上翘的嘴巴,固定成年轻的格式,微笑就应该是这样子。一个男孩匆匆跑来,女孩迎了上去,在男孩的怀里轻轻地偎了一下,便牵住男孩的手,一起往前走,时而望着男孩的脸笑一下,满世界的花都开了。女孩的等,等的是故人来。

"一年一岁玉兰开，岁岁花前人不同，玉兰花香缘未开，不见去年故人来。"写过的顺口溜，想着刚刚的情景，原来，花未开，也在等，只等故人来！

拿着相机拍花，附近几束桃花争艳，远看如画，近看凌乱，角度不同，视角不同，不是花乱，而是心乱。人常说，女为悦己者容，花为相知者荣，你应该找到你最喜欢的那朵，对焦，定格，而不是朵朵花，那样没法不乱。

一位久未联系的老友更新空间了，便兴冲冲地问了近况。那时候，家里正开着窗通风，倒春寒的寒令我倒吸一口凉气，脑子变得清爽爽的，很从容地跳出一段话：任何友谊都经不住时光的消磨，你我都在，只是时光已远。

于是又想那花儿，那人，那友情，那时光，回忆是追逝里开出的花，有欣喜也有些怅惘；怀念是美好结出的果儿，越怀念越珍惜。往事总被雨打风吹过，你要留住美好的，吹走失落和感伤。

转回玉兰花的院落，心中一阵豁然开朗！玉兰花居然刹那间粲然开放，她在，这个世界如此美妙；我在这个春天里拒绝伤感，蓝蓝的天里，正有些云，有玉兰花儿静悄悄地开。

「 天 女 木 兰 」

天女木兰，濒危植物，世界知名的珍稀树种，由于森林砍伐，生态环境被破坏以及天然更新能力较弱等原因，分布区域日益缩小，植株越来越少，属国家三级重点保护植物。

自大前年天女木兰花开之后，再无缘见天女下凡。由于气候多变，天女木兰的花开也是不断变化，稍不留意，就错过了花期。就在一周前，我还问过园丁，园丁说是木兰花开已过，再次怅然，心有不甘。昨日，偶见单位大姐在微信上传图片，说是木兰正开放，便一阵儿激动，匆忙间要了花开的地点，连早饭都没吃，就过去拍了许多照片，如此，心中像是了却了多年心愿般，一阵儿轻松和释然。

不过说来，毕竟还是有些失望和失落。花还是花但不是从前的花，树还是树但不是那一棵树。现在开花的那棵树远没有以前看到的高大伟岸，花也比以前小一些，数量也不是很多，甚至浓郁的香气也打了折扣。为此，我在整个园区里花了一个小时左右的时间寻找曾经的那棵树，曾经的那朵花，只是费尽心思也没有找到。而此时，我突然想到，我是不是太追求完美了？我为什么非要找到那棵树，那朵花？我在寻找的过程中，在林子里看到了吃核桃的可爱松鼠，拍摄到了朦胧如画的鸢尾、娇艳的芍药和映山红、散发着淡雅香气的金银花和猬实，还有些不知名的花，它们的生动和美丽有些早已超过了天女木兰本身，我在寻找天女木兰的过程中享受到的大自然清新空气、那些鸟语花香、那份由焦躁到平复到从容的心态早已超过了寻找的结果。

我不再纠结了，我淡定地接受这个现实——不是每次的寻找都会有一个满意的结果，不是每次努力都会获得成功，但只要我们努力了，我们就要从容地接受一切，并学会在寻找中享受过程的乐趣，其实，木兰外的风景一样迷人可爱。

「 梨 花 又 开 放 」

一

你习惯在一阵儿的忙碌后，喝口茶，听听歌，望向窗外，今天没有阳光。但是，有雨，嗒嗒作响，流淌春天欢笑的节拍；偶尔还有几片往雪花里飘来，飘来在那《梨花又开放》的歌声里。"摇摇洁白的树枝，花雨满天飞扬，落在妈妈头上，飘在纺车上……"那样空灵悠扬的旋律甫一入耳，便有莫名的心酸和欣喜伴着年少、青春、美好，亲情在心里流淌，所谓回忆和激励、爱与感动都能从音乐中找到。年年春色迷人眼，桃红梨白惹人怜。桃红过了几天，梨花却依旧羞答答地打着骨朵儿，往往又是一阵春雨过后，才会看到铺天盖地的白色"蝴蝶"随风飞舞。和着花儿的气息，芬芳而沁心。城市里摄影，对于我这样随手拍，没有大视野、大场景观念的爱好者来说，或许拍拍花的近景还好；而那些扛着"长枪长炮"的发烧友，就多少有些失落。满视野的高楼林立、架空电线常常让他们感叹英雄无用武之地。

其实，我又何尝不想在一望无际的原野里，在小桥流水的花溪边徜徉，只是每当到了这个时候，我只能摇摇头，在时光和空间交错中想象：透过木制的窗棂，有一枝梨花挂在窗口，窗口近处，有几只鸟在树枝间欢叫着舞蹈，远处则有几只鸽子在蓝天里飞过，伴着鸽哨飞过。鸽子背着些许阳光，一路俯冲下来落在青砖碧瓦上"咕咕"地叫着。

"青砖碧瓦"坐落在一个院子里，四周用篱笆围绕起来，一只小狗在晒着暖，气候已经允许鸭子在一个小小池塘里嬉戏了，母鸡带着小鸡们在院里踱来踱去，捡食着石子儿和遗落下来的粮食，一阵风来，鸡鸭们扑棱着膀儿，抖落一地尘埃和阳光。篱笆外面是一片油菜地，漫野的油菜花举着艳黄色的花朵，汇成黄色的花海，花涛起伏，进退从容。一只花喜鹊从原野里"扑棱棱"地飞起，穿过树丛，落在院井的辘轳上。它的目光掠过梨花树，向屋内张望，有一张椅，一张桌，一张纸，一支笔，一只杯，一条墨，一方砚，一壶茶，茶香袅袅飘向屋顶，飘向梨花。我背起相机，走出门，有清风袭来，有花香扑鼻……

二

青春没有什么后悔，恋爱也是如此。爱过错过，擦身而过，因为美好所以怀念，因为珍惜所以遗憾。街上流行过吊带装和五颜六色的头发，因为变化，所以年轻，流行是一种动态的青春，她一直年轻，你却老了。你茫然地看着时光在少男少女脸上、身上靓丽着流光溢彩，痴心梦想过年轮回转。

只是时光流转又如何，不是你的终究流水落花；光阴倒回又能怎样，她还会向前，你依旧错过。爱是青春树上开满的花，许多花儿在相遇前就凋落了，繁花入眼，朦胧难辨，还请珍惜眼前的一朵儿。

三

没有任何年华可以轻易错过，包括你的落寞和迷惑。飞云乱度、杯酒长亭，你的心纠结如麻；草长莺尾、鹂鸣翠柳，你的心一片光明。就像这雨雪中，既有哀愁，又有清凉，你的心态决定着你的思想。振奋还是消沉，放弃还是追求，爱与不爱，你得自己把握。

花开过了，你就准备等待下一个花季；人错过了，依然会在下一个路口遇见。世上之所以有绝望是你心里已经认输，人，失去了信仰、目标和动力就会变得短视、浅薄，无所事事也无所用心。你曾经嘲笑过别人，现在嘲笑自己，可怕的是你已经把自嘲当成一种麻木不仁的习惯并不脸红。原来的好强争胜早已成过往烟云，你追求的信仰早已渺无踪影，就像头上的黑发变成白发，你连理都不理，你默认所有的存在，不去修饰，不去改变，看透了明天，也冷落了未来。

你没勇气改变了，你身未老心先衰了，岁月这把刀留在你身上的伤口已然不痛不痒，长成了没出息的样子，破落不堪。人死，并不可怕；心死，生不如死，在不甘与无奈中备受煎熬。

四

雨，默默地下，有人在唱歌，一首明快的歌，一个网络上的女孩，很多人叫她小清新，她的博客我经常看，一个只身生活在节奏飞快的城市里的女孩，但她的日子过得并没有我们想象的那么紧迫，匆忙。每天展现在我们面前的"流水账"里，旅游、做小甜点、小摆设、读书占据着大部分的时间与空间，她还经常发些旅行时候的照片，那一派山清水秀曾经是我们的拥有却已经被我们遗弃。这时我们才明白：原来我们拼了命地工作、破坏、索取，不计代价地积累想换来人家的那份恬淡、宁静、秀美、慢生活的时光却是我们曾经拥有的，而现在我们除了比原来物质上有所富有，其他却一无所有……

如今我们又想重听青草池塘处处蛙，想听两只黄鹂鸣翠柳，想看一行白鹭上青天，想看小荷才露尖尖角，我们曾经遗弃的乡愁，一种文化与民族归属感的回归，回归就好，找回根，你才有家，有了家你才有挡风遮雨的温暖，你才能无所畏惧，轻装向前。

「 雨 季 」

泡一壶茶，随手想写几个字，写对你的念，气象信息发过来，连天雨，十几天，阴郁的天，看不到蓝天白云，日头也被吃掉了。突然就一阵急雨，突然就电闪雷鸣，盛开的花儿随后也蔫掉了，有几朵儿还在顽强地抗争着，他们说能不能经得起狂风暴雨也是对花的考验。

爱情进入雨季，不会都是和风细雨，不会都是风调雨顺，也有电闪雷鸣，狂风暴雨。打湿了的心，分不清是滋润还是悲泪，或许什么都有。爱本来就是酸甜苦辣，有人在雨中欢快漫步，就有人在角落里独自疗伤，无关阳光雨露，所谓愁雨和暖阳只不过是应了一时的心境。就像你说你想我，冬天里也会暖出一把火；就像你说不再联系，艳阳下也会冷得如坠冰窟。过山车般的滋味总在落差里感受心挛，想得到，怕失去，想深爱，怕伤害，反反复复。你开朗时万里无云，什么都好；你暧昧时我方向全失，患得患失，不知怎么讨得你的欢喜，不知道是进一步还是退一步，左思右想，不知如何成全。女人的心思你别猜，猜不明白，所以才疲惫。想起一场宿醉，胃与心痉挛在一起，痛彻心扉，痛得不敢呼吸，难受又不敢声张。如爱，有没有人能给一颗排毒养心的药，排了爱情的毒，沉醉，便可不再沾染？明知道，一旦上瘾，解药管一时管不了一世，飞蛾扑火，奔着光明而来，难受也要受！

　　按灭了烟，眼前朦胧着雨，缠绵成灾，*丝丝缕缕*，头昏心悸，竟也是醉了……

　　所以，醉不在酒，是心醉了。

第二卷　阳春白雪

「 岁 月 如 歌 ，
　随 花 开 放 」

纯真年代

　　拍了几朵花，路上几对情侣，眼前所有的花都变成了玫瑰的样子，空气清甜，日光暖暖，醉人，醉心，镜头再次端起，舍不得打扰又放下。今日何日，又是一个花季，似曾相识；几多轮回，恍若眼前，可以肆意爱慕的年龄，酸甜怅惘。那些曾经悲欢离合的爱，那些值得你回忆、留恋、惋惜的过往，都是美好。美好得像是花瓣上的露珠，舍不得落下，便愈加珍惜，汇集成眼里的海，欣喜而伤感。老狼在唱："相爱的日子有多美，纯真的年代像流水……"

　　那时我们年少，所谓的爱从喜欢开始，朦胧如雾，纯如水。那时候，喜欢就是一个相悦的眼神，好感就是怎么看对方都好看，快乐着你的开心，伤感着你的失落。那时候，爱其实只是一块糖的甜蜜，一次看似无意间的牵手，一个话题，一首歌，一句笑话，都能打动我们，夸张的笑和夸张的哭，都是为了吸引爱恋者的目光，那些浮现的镜头，现在想起来实在是幼稚好笑，只是在当时，每一个举动，每一个表情，每一次说笑却都会在我们的心里掀起巨大的波浪。我们常常被别人对自己的好打动，被自己对别人的好打动，归根结底是被爱打动，被纯洁和美好打动。那些拐角处，我塞到你手里的情书、那些生日时带着你羞红微笑的贺卡、那些写着你名字的我的书、那些梧桐树下踏着金黄日光里的欢笑、那些打雪仗时我冲上去为你挡住雪团的相片，历历在目，难以忘怀。

有那么一个纯真年代，吸着空气都会醉倒心扉，有蓝天、绿草、鲜花，歌谣，有一本你借给我的书，有星空下一起许愿过的希望，这美好都是你给的，可如今你在哪里？

想把我唱给你听

"我把我唱给你听，把你纯真无邪的笑容给我吧……"听着这首歌，花便愈加纯洁通透，像青春里那些美丽的花。年少如我们，美，只敢远远欣赏，爱，也不敢大声表达。于是我们的爱大都埋在心里，隐在绿里，开在花里。若干年后，相逢或是天涯，一句从前没说出的表白，说了，是真是假，是玩笑，还是装作不在意，淡淡地笑，静静地笑，似有似无的笑容里什么都有，怦然心动却只是你知我知，不露声色。

桃李不语，下自成蹊。

有些相逢，花好月圆。有些再见，想都没想到要跨越几十年，想都没想到，竟然过去了多年，再见到那个人，听那熟悉的声音，看那灿烂的笑容还能如此动容。如果不能再见是否真的会忘记，谁都不知道，但怎么又见面了，怎么一如当初，还是那么亲切？如果缘分没到，天各一方，无缘再见，各自怀念，那么认了。但老天爷就是要让有情人还了这份想念的情，为了让彼此说出那句"我爱你"，所以又让双方一同出现了是吗？那么感谢天，感谢有你，说出来这句话，彼此间，所有的遗憾都弥补了，心中所有的花都竞相开放了。

还有些爱恋，适合怀念。心里明明知道是没有结果，明明知道从过去到将来，走的都是两条平行线，可又心甘情愿地关注着彼此，牵挂着彼此，单纯又好笑，单纯到就想脉脉地注视，默默地祝福，就想看着她（他）开心，因为"你快乐就是我快乐"。

他俩被人称为"红颜""蓝颜"，所谓"无所求、无杂念、纯关心、纯思念"。他也曾多次示好，女孩摇摇头不信，说他是见谁爱谁，所以也一直无法相信他。他急了，解释得语无伦次，看得出他恨不能肝脑涂地证明给女孩看看。女孩笑了，却继续装疯，逗着他，历数他的不是，直到他嚷着要从远方回来当面表白，女孩才鸣金收兵。她的一句"逗你玩呢"让他如释重负，又泪流满面。这样的蓝颜知己也好，红颜知己也好，总腻在一起，日久生情是难免的。有一天，爱神心情大好，谁敢说不会成为恋人呢？

有一种知己，叫时候未到。最最亲爱的人啊，路途遥远我们在一起吧。

那些花儿

朴树和范玮琪都唱《那些花儿》，在我听来，朴的不舍中带出感伤，范的在感伤中回忆美好，似乎都是淡淡的，但无论是舒缓的曲调、淡淡的伤感、无限的留恋，我个人都更喜欢范版的诠释，感到那些美好的爱，更贴近些，更暖心些，更让人觉得那些美好的爱虽然一去不返，但依旧在心中永存。

春来了，就有花开万朵，花开了，就有花香袭人，百媚娇娆，色彩纷呈，各领风骚，色不同，味亦不同，总有一朵你最喜欢。找一朵花爱了吧，年华不负好时光；为喜欢你的人开放吧，人生欢乐须及春。

只是，有些花儿，譬如天山雪莲，你最喜欢她的纯洁芳香，阴差阳错也好、高攀乏力也罢，相遇都是千载难逢。有些花儿和你相悦，有些花儿只能景仰，在心底里默默地开一朵浪漫爱恋的花儿，留一缕馨香给自己，默默注视，彼此欣赏，不是幸福也是幸福。

路过某校区，男孩追着女孩，失恋伤感的戏，男孩不放手。女孩拒绝了男孩的纠缠："谁都不怪，只怪我不出色，你父母不会看上我的。"说罢，掏出手绢替男孩擦了擦眼泪，也擦了擦自己的，毫不迟疑地转身。于是知道，爱，不是适合的都能在一起，爱，一个错身，就是一生。

那一天梨花似雪，那些花儿，各自天涯……

有我有你

天，好得出奇，有你说的桂花味，这是个适合分手的日子，可以不像阴天雨天那么伤感，好像天要注定什么似的。靠着窗边暖暖地晒太阳，还有一本书，关于爱情的事，上面写着男孩子应该怎么讨女孩子喜欢，你嗤之以鼻，却真感到你做得不够。这时候，她的电话打来，时间正好。你看了书长了知识，确实差距很大，不用再听她哭，她叫，她数落的不是和对她的不关心，觉得人家说得对，应当分，既然人家不爱，又何必苦苦纠缠，要有老爷们儿样，就痛快答应了。

后来，书，你看不进去了，后来，阳光也不再温暖了，后来，电话挂了茶凉了，后来你哭了，后来你醉了，你四仰八叉地躺在地上，大声唱着，让我们永远在一起，不再有孤寂……

若干年后，你听说她交朋友了，男朋友很细心，对她非常体贴，你笑了，尽管笑容有点勉强；又听说她要结婚了，你又笑了，尽管眼睛有点酸胀，你还是送去了祝福。你想把有关她的一切一切，留在你这里的东西，烧掉、撕掉、从脑海里清除掉，但是你心软，你不舍，你把它们收拾到一起，一边看，一边哭，一边看，一边笑，最后像完成一项巨大的工程，宝藏一样把它们安放在一个角落，珍藏也是祭奠。谁的眼泪在飞？播放器里所有的歌发出的都是心底里的哀鸣，黑暗叠加，疼得撕心裂肺，号啕大哭，多亏了那晚的猫与你同在，帮你掩盖了绝望，以至于第二天小区里纷纷指责的是猫而不是你。

起初你不敢听到她的讯息，她过得不错，你欣喜而忌妒。后来，你还是忍不住会探听她的消息，无意加故意。你经常会走向她家的方向，从偶然到自然而然，想见怕见，偷偷地窥视，最后终于习惯了她恬淡的笑，你放心了。你不再疏忽，不再走会经过她家的路，从此，你安静了许多，对自己说，不必再惦念。

　　但你还是会经常发呆，不去想，不酸也不甜；想念，便痛彻心扉。你开始给自己提出一些问题：她想没想过我，过得好不好，有什么快乐和委屈……突然就泪千行。你说你自己骑不上白马，也追不回时光，思绪游荡在时空交错的旋涡中央。你设想，假若有一天她真能回来，究竟有没有勇气，敢不敢拥抱她依旧姣好的容颜。

　　她离婚了，从前那个对她百依百顺的人开始变得不耐烦，从前那个体贴入微的人变得慌张和冷淡，间或偶尔的殷勤有点像做过坏事的补偿，她敏感而紧张。终于有一天，她的一个外地网友在朋友圈里发了一张旅游时的臭美照片，身后竟然有她的他和另一个她！绝望而魂殇，离婚也变得顺理成章。

　　你脑子很乱，你本来想第一时间冲上去夺回她，但你怕她认为你乘人之危，误解你。怕她觉得你是看她笑话，怜悯她才会吃"回头草"，你顾虑太多，依旧是从旁打听，并且又恢复了"抵近侦察"。

　　又一年过去了，你总在想她为什么从来不联系你，你还在耿耿于怀，你似乎忘了曾经的设想，如果她能回到你身边，你是不是敢张开翅膀去拥抱一个浪漫的回归。你又翻开了她留在你屋子里的物品，往事电影般闪回，你一边看，一边哭，一边哭，一边笑。播放器里你放了那首《有你有我》，那旋律让你听起来温暖而兴奋：

让我们永远在一起

忘掉那忧虑

漫漫岁月只有珍惜我和你

让我们永远在一起

不再有孤寂

这里有我也有你

你还没听完，也来不及关掉电源，一头冲出门去。半个小时后，有人见到一个疯子，手里捧着玫瑰，一路狂奔在通往她家的幸福大道上。

子在川上曰：逝者如斯夫，不舍昼夜。

「一个人的 旅 行」

平素一直不太喜欢搭伙出行，感觉是一场集体导演或演出的狂欢，旅行的目的不在风景而在人。喜欢孤独地行走，踽踽穿行于天地之间，或停或走，或唱或跑，或深山里一嗓子嘹亮的号叫，或小酒馆里一个人的自斟自饮，都是我的向往和感动。一个人行走在城市与郊区之间，看世间繁华寥落，星月变迁。黄昏日落时，于细碎的斜阳里，灯光的街头下，一个长长的影子，落寞而孤单的身体里，便聚集着沉淀的感动。异乡的情调，古朴的乡俗，于我，就是浓浓的收获。我用眼睛和手指细细地去触摸，我用从头到脚的灵魂去呼吸和了解，而不是仅仅道听途说于某个人的介绍和讲解，那份情感是多年以后都挥之不去的感悟，清醒而迷惑，深刻而寂寥，时空与时间的对话，似雨过花红、云开月朗，有一阵清风拂面，看七八颗星天外。

一个人的旅行，时而骄阳当空，时而雨打芭蕉。河流里的溪石泛着亮亮的青光，激流奔过，便流淌在古今的穿行中，思念在长安、临安的不眠里。风吹过，一种相思，两处闲愁，独自上高楼，遥望着无心云漂泊，开阔而碧朗。

有没有青鸟探候，告诉你她很爱你？有没有人在黄昏后的失约里哭泣？雨过后的绿柳宫墙，远山青黛，眉目里都传情，你不想，她也在，像在补一堂诗词的文学课。

沿着南方的弄堂小径前行，不知几人走过，谁又是谁的眼缘。有风拂面，未见树梢晃动，风自何处？风自心生。碧绿环抱处未见花开亦有花香弥漫，香自何来？香由心生。

在路上，城市没有静夜，宾馆里的床前明月光，还能不能照出家乡的模样？你说的回忆便就是回忆，你说的美好已不再是美好，你忐忑着接受一份光怪陆离，你的乌衣巷口，乌篷流水，早已没有了那一声声软糯吴音和扬琴声声，家愁而心殇。

在路上，这样的旅程里，有时欣喜，有时压抑。伤见花雨如泪，喜听夏雨如诗，你却在世间的反复无常中濯洗，精练而升华。一个季节的花开花落，消弭或是新生，是定事，是时势，是造化，也是变化。非常道，信自己，头脑清晰开来，犹如哲学大儒，给你力量。

于是捧一本书，在旧时光里。

「 诗 意 江 南 」

昨夜闲雨来袭，灯下眼倦，挪步客室，正雨声滴答，开着窗，靠坐藤椅上，眼里的江南，轻雾笼烟，白练飘舞，有荷花正开，鱼戏性浓，自由无忧，美好和幸福。

醒来已是天晴，一缕晨曦抹在脸上，似有丝润，有花雀绕窗，被我惊到，扑棱棱地飞去了。起身，甜茶入口，清爽立时遍布周身，便突地也想像鸟儿一样飞翔了……

自春来以后，江南便满眼绿意盎然起来，就会有风光无限。清波碧水间，有鱼儿伴浮萍游泳，有蝴蝶和着花儿飘香。间或，数只红掌白翼扑打在水上，溅起粒粒银珠。恰此时，一队鸭儿浮行，浓浓醇醇的绿一下子蔓延开来，黛抹了远山，绿染了芭蕉。

"欸乃"一声似裂帛响起,一叶扁舟掠水而过,也划过了整个夏天。飞鸥翔集一隅,水面微波跃金。渔歌互答里,炊烟袅袅,随风飘荡,忽而东忽而西,汇成云,成心。云近处有佳人汲水,远端有相思如雾。我看到了小小茅屋下一对天真的顽童正在捉蚂蚱,屋内一名老者伏桌闲敲棋子。偶遇雨天,老者或舞笔弄墨,或枕上听蝉,卷帘初上,雨润天晴。

夏日的江南色彩除却绿,便应该是浓重的褐色。自然的唯美总是眷顾着这片土地,浓妆也好,淡抹也罢,都是撩人思绪。那把黄雨伞过后,早已消散了墨油香的气味,但无数年来,又有多少善男信女不断地从断桥边走来,走进空蒙的雨巷,并肩在一把把花样翻新的雨伞里。伞更加漂亮了,人更加帅气靓丽了,可我们那颗心,是否就更加美好?那些被唯美了的哀愁,也许终究就是爱的祭奠。你来与不来,桥上或者楼上,明月抑或窗棂,梦里花开花落,谁成了谁的谁?你在与不在,古渡或者道口,相思抑或怀念,人随南北东西,如何成就姻缘?回眸一笑,没有早一步也没有晚一步,是恰好,是千百万次地求,是开始也是结束,都在这里,往事随风。

江南永远流淌着小桥流水人家,夕阳西下,一缕残阳拂面,暖暖的,犹如妈妈的手。只刹那间,便会有思乡的情绪从心中涌动开来,不可逆转。怀旧的人轻轻地哼着一首《旅愁》:"一壶浊酒尽余欢,今宵别梦寒……"声声低回，离人泪夺眶而出。暮然回首，一从海外归来的老人抚摸着楼牌，低下头，老泪纵横。

经历了风和雨，难舍的是故乡情，更依恋故乡人。

夜已深，江天一色无纤尘，皎皎空中孤月轮。《春江花月夜》里的琵琶悠悠传递着宁静豁然，《茉莉花》的扬琴阵阵拨弄无数恋人的心怀。漾漾的江水载得动一船欢笑，却载不动许多愁。有人船头高唱"海上生明月，天涯共此时"，也有人低和"举头望明月，低头思故乡"，更有人尽挹西江，细斟北斗，举杯邀月，笑论今昔，扣舷独啸，请君听我云飞扬，西出阳关无故人。

美丽的乡愁产生了美丽的诗、美好的画，江南就如此这般地孕育着中华文化，她几乎成为中华文明的一种象征。

我喜欢江南的绿和褐，如果说绿的江南代表着新生和飞跃，那么褐墨的江南就代表着文化的积淀和历史的沉着。绿油然增长，褐给予无穷的精神和营养支撑。

我爱江南的山和水，长相思，在江南。

「 春 去 春 回 来 」

等风来

就在小鸟的一声欢叫里，在欢叫的歌声乘着的翅膀里，在你的风里，水"哗"一声开了，树"唰"一下绿了，花"啪"地冒出了花朵，小孩子咿咿呀呀地说起话来，蹒跚地走在路上，摇摇摆摆。新鲜的空气像是被刚刚冲洗过的味道，夹杂着些绿草的清香。天上，白鸽子在蓝天下飞翔；地上，有情人携手走过。有些像二十几年前的感觉，而二十几年前，我说，像小时候的味道。忽而就春天，忽而就怀旧，那时候的人和事，总有些物是人非。那年的桃花魅惑了谁的眼，流过的溪水带走了谁的心；谁把槐花做了书签送了谁，谁在花下徘徊至今想念谁。

年龄增长，便有一丝怅惘，不断地怀恋，喜欢听张艾嘉《往事如昨》《爱的代价》里的"年华已逝温馨如昨"和"还记得年少时的梦吗，像朵永远不凋零的花"，更喜欢罗大佑用沙哑的嗓音唱着《光阴的故事》里的"春天的花开秋天的风以及冬天的落阳"。

我们曾经在这样的歌声里成长成熟，在这样的歌声里感伤快乐，在这样的歌声里无悔和无奈。经历了少年到中年，才会感知，人从激情而愤青，从成熟而麻木，从奋发而成功，酸甜苦辣咸尽在其中。于是，总会感慨，年轻真好，那会儿太阳特别高，天特别蓝，空气弥漫着甜甜的柠檬味道，只有征服不了的岁月，没有什么不可以征服的困难。于是，也开始明白，年轻最大的优势是它可以犯错误，经得起锤炼，错了再改，即使跌倒也有体力、有时间、有精神振作起来，爬起来再干。

只是当我们明白这一切的时候，都已经晚了。很多人甚至怀疑原来美好的青春，其实是敲碎我们美好梦想的第一颗子弹。他们变得世故老成，一辈子，连一次犯错误的机会都不给自己，连一次冲动的机会都被自己压抑，连一次尝试的机会都没勇气实施，人生从此变得毫无生气，了无新意，如此不堪。等到了老年，我们又发现，原来中年也可以有激情，也可以有尝试，也可以去冲动，只是明白得实在是太晚太晚了。

小鸟总是喜欢在低处给自己搭一个安逸的窝，雄鹰总是喜欢在高处凌风而行，刘雨潼的那首《等风来》也在这个春天里唱响：

我在纸上留白

只等风吹来

漫山遍野的花

曾经为谁而开

谁的眼神把春天留下来

只等风吹来！你懂的，我会意地笑了。

等待又一季的春暖花开

坐在椅上小憩，喝一壶茶，看一本书，顿觉疲劳一扫，无比轻松，神仙也没这么好。静，回头看见小狗在脚下摇头摆尾地晃，它管我要女贞果吃，我说你谢谢我就给你，它一个转身对着女贞果一通作揖，把我笑得前仰后合，那场景，像温情撩拨着我的神经，心，一下子温暖成笑意。

舌尖是甜滋滋的茶香，润得你畅快，母亲的身体在春节前转好，她依旧在，就是晴天。

书里写着历史，有人说历史是人创造的，也是人书写的，其实还是人编撰的，写写删删，又是一部新的历史。我们看着历史，历史也看着我们，那些遥远的亲和，其实也是一场相遇、一次穿越。时空中的碰撞，或许问候，或许擦肩而过。

屏幕对面的女子叫"最后一支舞"，名字里尽显的是特立独行，或许还有一丝孤独和自爱自怜，对，独舞的骄傲。我和她相逢在网络里，偶然打开漂流瓶，一次"海滩"上的邂逅，也会叫作萍（瓶）水相逢吧。

在此之前，她不知道我，我不知道她，今后或许相知相识，或许只是那么多网络名称里的无语者。人生总是奇妙，它常常把这样和那样看似不相关的人联系在一起，让他们成为友人爱人敌人，然后作壁上观，笑看人生游戏。而台上的演员们总以为自己是主角，拼命表演，其为名，其为利，大幕落下，若干年后的若干，还有几人能识得？谁人名垂青史，谁人永垂千古，落花流水的尽头，无非几抔黄土。

人生得意须尽欢处应尽欢颜，人生失意该放手时需放手，没了昔日的繁华多了现实的平安，淡淡的忘怀，偶尔的怀念，还有一丝希冀，在年年的烛光里点燃。

是该请你跳支舞，还是唱首歌，在激情尚未散尽的时候，咖啡还是茶？红酒还是白兰地？轻歌曼舞还是劲歌热舞？一个选择或许就是一个新的四季，在春暖花开里绽放，开着些望眼欲穿的愿望。

窗外的烟花明了灭了，喧哗过后，究竟是落寞还是重生？花谢了开了，那一场风花雪月，是不是等待后的繁华。

那么好，就让我们静静地，等待，又一季的春暖花开……

「行 走，
在 寂 寞 的 时 光 里」

　　开始走步锻炼。这原本就是个辛苦活儿，是一种自己强迫自己的运动，为了减肥，为了健身，为了锦标，为了融入集体。可不管怎么说，锻炼如果适当，对身体确实有好处，我从开始走步锻炼，体重由开春的 155 斤降到最低时候的 134.5 斤，大肚腩小了，体重降了，身子灵活了，各种不健康潜在因素都在降低，有了些许成就感。我的步伐不随大流，不参加那些暴走队、竞走队，不和别人一起走，主要原因是自己走自由，想什么时候走就什么时候走，想多快多快，想走多久走多久。不用看着别人的脚步协调频率，不用和别人服装整齐划一，不用时刻惦记着自己掉队还是冒进，简单而随性。

　　其实，集体走也是好处多多，比如欢声笑语不会那么寂寞，比如相互激励可以提高效率，相互竞争可以提高质量，相互了解可以增加友谊等等，但那些好处是他们的，而我不算合群，又吃不了集体行动的"苦"，我知道，没有一种统一的行动，起初是自由而畅快的。我过不了这个坎儿，因此，宁愿选择自己简单地行走。

简单行走的起步阶段只是一短袖一短裤一双鞋加上孤单的自己，几乎是赤条条无牵挂地走。后来带上手机用来播放音乐，偶尔的歇息里回应个问候，也给略显枯燥的行走带来几分乐趣。

喜欢听静歌，空灵的歌，甚至略带伤感忧郁的歌，与歌声一起行走，伴思绪和乐曲放飞。与那些挎着播放器，喧嚣劲歌的走步者相比，此时的我，不再有孤单和枯燥，而是多了宁静恬淡的享受。

常常听不同的人唱同一首歌，手机里下载了齐秦、许茹芸、郁可唯唱的《如果云知道》。郁可唯的唱法新潮，如莺啼鹂鸣；许茹芸的歌声生动流畅，恍如天籁之音；齐秦一开口，如破空袭来，一派空灵，回声嘹亮，不绝于耳，令人久久难以忘怀。

随着年龄的增长人就开始变得怀旧，听老歌，听略带伤感、有穿透力的歌，罗大佑的《光阴的故事》、老狼的《同桌的你》、朴树的《那些花儿》，还有那些世界著名歌曲等等。我在这些歌声里感怀时光流水，聆听叶绿花香，在寂寞中品味孤独，在孤独里感悟温暖，琴声悠扬是流年的曲调，吉他风笛是放飞的心境。我在歌声里想一个人，爱一个人，回忆你眉眼深情，脸含静美，那么恬淡从容，那么大气自若，有微笑在你唇边掠过，汇成了清新的和风；有微风从你发际飘过，舞成了柔柔细雨；有阳光从你的眼神流露，温暖成潭水深深，你的柔情，山高水长。而我则在行走间多了你的陪伴，一个人也可以静静地笑，甜美地笑，开心地笑，想到你就笑，爱你在前尘往事，爱你到天荒地老。像一树花有叶子陪伴，静静地不动声色，就这么一生一世，令人向往。夜晚是深蓝的帷幕，明月在白云间穿行，星光欢快地闪耀，你的心我的心放飞在如风的夜里，随风远行，地久天长。有秋风送来的清爽，舒心而快活。从此，寂寞不再与孤独同舞，而是尽情享受着夜的温馨和感动，感恩并幸福着夜的恩赐，如此开怀。

「 此 心

到 处 悠 然 」

　　春来，满树花开，春去，落英缤纷，不是风流已被雨打风吹过，却见草堂燕子衔新泥。人活于世，草木春秋，其中喜雨悲风，愁云晴日几番轮回。禁得起苦，耐得住忧，不以物喜，不以己悲，心态才能平和。古人说不畏浮云遮望眼，今人说风物长须放眼量。与人心宽，劝人心宽，凭空望，万里长空，一声鹤鸣，尽舒心胸。

　　譬如春天有鸟语花香，也有雾霾当空，别只记住了花开，也别紧盯着雾霭。生活有美有丑，人生有苦有乐，即便是下里巴人，也有开心之处。

　　常羡慕夜幕下的小酒馆外，几个吆五喝六打着酒官司的哥们儿，酒酣处洒脱肆意，不雅，却是一份真实，喝得是酣畅淋漓，无所顾忌。

边上，两位老者，一壶小烧酒，一碟花生米，一碟蘸酱菜，几片酱牛肉，面对喧嚣视而不见。热闹是年轻人的，我只细斟慢饮。一副"世路如今已惯，此心到处悠然"的风骨。一位老者聊到兴起，轻轻地用手指敲着桌子，另一位则慢慢作和。几句京腔京韵缓缓而出，多少风花月夜换了浅吟低唱。一种喝酒，两样开心，情欢处，此生何求。

我不想说心灵鸡汤的话，但不如此则无法阿Q。人这一生其实都会有死要面子活受罪的事儿，也会用精神胜利法不断激励自己，阿Q精神往好了说也算是一种自我纾解，平安就好，心安就好，不用这山望着那山高。走自己的寻常小道，稳当还能看看沿途风景，也是惬意。

「 海 钓 」

约好的朋友们陆续到了，驾驶员老赵一声"坐稳，走起！"快艇便在海面上犁起一道浪花，载着我们这些海钓爱好者向二陀岛驶去。云很低，海天之间好像只有一丝线的缝隙，一副黑云压城的样子。浪稍大，浪花卷起的碎沫敲打着快艇，发出"啪啪"的声音。我是第一次乘快艇海钓，一上艇就沉浸在快速行驶于云与海之间的兴奋中，使我平添了几分壮志豪情。艇上的几个朋友也禁不住振臂大喊："大海，我来了！"

不过，我的兴奋劲儿并没有持续多久，艇在风浪里颠簸着前行，我们的身体也和着海浪上下起伏。心，好像被什么东西揪起来又放下一般，快跳到嗓子眼儿了。胃也像是得了痉挛般抽搐着，似乎有点晕船。"坚持坚持，坚持到底就是胜利。"我不断地鼓励着自己。

20 分钟后，我们在二陀岛附近停了下来，我和大伙儿一道，支鱼竿、挂鱼钩、拴饵料，然后甩下了我的第一竿。

其实钓鱼是很讲究的，首先在海上钓鱼，要选择逆流而上，在浅海，鱼钩垂到底以后，还要略微向上提一下，手腕要不时提动，以吸引鱼儿。诱饵一般选择海蛆和泥鳅，也有的用新鲜的鱼片。鱼钩一般挂两个诱饵，上面的挂海蛆，一般用来吸引在浅水处觅食的黄鱼和鲅鱼；下面的挂泥鳅，一般用来招徕生活在礁石缝隙里的黑鱼。

10 分钟过去了，已经有三四位朋友有了收获，我心里着急，可表面上还假装着深沉。天上又下起了小雨，鱼没钓上来，可海浪把艇悠得晃来晃去，我的头也像一团糨子，晕得要命。那边的老赵又钓上来一条大黑鱼，足有二斤重，即便是在深海钓到这么大的鱼也是难得。大家随即在惊呼中一阵祝贺，老赵也来了精神头，得意地说，前两天他利用黑鱼在海礁里群居的特性，瞄准了下钩，硬是在一个地方钓上了二十来条黑鱼，他说得兴起，满脸骄傲。我受他的感染，也来了精神头，感到鱼竿一沉，哈哈，有了！一提竿，一条黄鱼、一条黑鱼还真就傻乎乎地上钩了，虽然没有老赵钓的大，可足以睥睨还没钓上来的几位哥们儿了。或许是有了钓鱼的手感，在随后的几个小时里，我钓到大大小小 10 多条鱼。

到了中午，太阳慢慢地从云中挤出一丝光亮，大家清点了"战果"，约莫钓上了四五十斤鱼，于是鸣金收兵，上岛去了家朋友熟识的小鱼馆。只一会儿，鱼老板便把鲜鱼做成了黑鱼汤、烧鲅鱼、焖黄鱼、生鱼片、鱼锅豆腐等十余道大菜组成的鱼宴。大家伙儿喝着鲜香可口的鱼汤，啧啧称赞；蘸着辣根吃生鱼，辛爽在口，食欲大开。几个哥们儿边聊边喝，交情也在觥筹交错里愈加醇厚……

走出鱼馆，从岛上最高端俯瞰，眼前海天相连，沧溟空阔，驾长风破万里浪之意油然而生。与海的胸怀相比，人是何等渺小，在波谲云诡、惊涛裂岸面前，人类也常常产生神秘、恐惧和无助。然而，人类的伟大就在于：从适者生存的环境中优化出来那天起，便不断地优胜劣汰，在创造和痛苦中，仍能高昂着头，享受着快乐。

我爱大海的宽阔、无私，爱它的惊涛骇浪和静夜微澜，爱它的包容和时刻给予人类的灵感。我会重来，与大海亲密同行。

「 时 光 年 轮 」

春

沐浴在清晨的风里，漫步在鸟鸣的林间，播撒一地细碎的斑驳，像做一幅画，你高高抬起头，便升入了空中。忽而一夏，忽而花开，红黄粉绿，蜂飞蝶舞。街上的女孩，换了容颜，也换了心情，新衣靓装，拜你的恩赐，有花香盈袖。所谓亭亭玉立，所谓婀娜多姿，一朵花一张笑脸，竞相开放着，开出些帅气、纯真、甜美、恬淡和娇艳，确是人比花更生动，更有滋味。

桃红梨花吹过，小荷牵牛花开，春，无论怎么好也耐不住时光的轮回，一地的非洲菊宣告又一季的盛夏华年。热，黏黏的天，湿湿的空气，不见一丝风，蝶儿们、蜻蜓们都蔫蔫地趴在花上树上瞇睡，碰几下才不情愿地飞走。

沿着这条小径前行，不知几人走过，谁又是谁的眼缘。有风拂面，未见树梢晃动，不知风自何处，风自心生。碧绿环抱处未见花开亦有花香弥漫，香自何来，香由心生。一泓碧水，有荷花铺衬，想想就如清水润心，婆娑的绿苇，或舞或歌，泼墨成一幅世外山水。碧水下应该也有锦鲤游泳吧，或东或西，悠闲得意，欢快自有人知。《击壤歌》唱：日出而作，日入而息。凿井而饮，耕田而食。帝力于我何有哉。意在远古，却令今人艳羡不已。

夏

（一）

那一年看到的你，是路边的回眸，还是海边的相遇，或恬静或安然或灵动或欢快烙印在心。很多时候，美是一种感动，纯天然，无邪意，就那样单纯地喜欢，怦然心动。仿佛你看到一幅风景、听到一曲天籁，无形地被惊呆。那时候的凝视充满惊喜又略带伤感……

（二）

不是所有爱情都经得起时间的考验，就算是心里装着个女神，可依然会被另一个她诱惑。关于错过一次是否就错过一生，不可原谅？关于错过一次，是否就错过年华，覆水难收？新的十万个为什么老师没教，书上没写，还来不及思考，理想就早已被现实精确打击成碎片。找一个人爱了吧，差不多就结了吧，其实并不容易。所谓终生厮守难道只是远古童话，山盟海誓难道只是过往云烟，究竟拿什么拯救我们的爱和终将逝去的青春？

（三）

你回到那条老街，还有两小无猜时他家的老屋，几天后这些都将被拆除以及那些写满一墙的关于某某爱某某某的记忆。你在，他的父母还在，他却名草有主。老人整理着东西，还说要扔掉那辆你俩一起骑过的单车。你执意地把它要走，骑着它不知道走了多远，然后把它骑进郊外的树丛，那里曾经拥有过无数青春的欢歌和笑声……

（四）

在那个繁花似锦的夏天，是否还能遇到你爱的女孩，如梦似水，清纯依旧。是夏天滋润了我们，还是我们温暖了夏天？多想雨后的彩虹不再是梦幻般的模样，每一道彩虹都会奏出漂亮音符，就让它为我们演唱一首小情歌，在夏日，在晴空，有暖暖的光相伴，有露珠的微笑，有花儿的祝福，有你，那样多好……

（五）

林荫下多少浪漫时空，那些华丽的誓言穿越唐宋、媲美秦汉。

今年绿意依旧，黄昏来者何人，从来是，物是人非。一处相思，几度闲愁，换了流水无声，梦里落花。

秋

春过了而夏，夏过了秋，多了几分凝重，所谓风花雪月终会西风白发。青春少年激昂文字，舍我其谁；巍巍壮年独步江湖，指点江山是何等气概！老来闲敲棋子，把酒闲眠，其乐无穷，看似逍遥，却又无奈。秋天就是这样，总有些浓烈欢快，也有些伤感，甚至几分凄美。说起秋，有稻花香里说丰年；说起秋，有洞庭青草近中秋；说起秋，有海上生明月，有千里共婵娟。秋天里，茅屋为秋风所迫；秋天里，有白首为功名，重山阻归程；秋天里，还有人老去，明日黄花。所以，趁还未老，得从容处且从容，有欢颜时尽欢颜。换美酒，白日放歌；须尽欢，饮邀明月。莫等闲，诗酒年华，再回首，又是一季的新春花开。

冬

那条常春藤袅娜地伸了下腰肢，然后"腾"地扑入了你的眼帘，刚刚还雾蒙蒙的天，一下子变得满目春色，绿了你的眼，暖了你的心。于是，所谓春花、夏荷、秋月、冬阳，所有的美妙，都融入了你的脑海。你轻啜了一口醇醇的清新，和着风的曲调，柔柔地醉了……

冬分南北东西，一个冬，冷暖也不相同。人也如此，心境不同，对冬的感悟也不同。有女孩在寒夜里的车站等待恋人，冷得跺脚，但欢颜里都是爱的颜色，心里也自然是暖暖的，甚至看得旁人的冰心都暖成了水，像一股清泉在心中流淌，你能说冬天是冷的吗？四季的变换，不是人心冷暖的划分，也不是喜悦悲伤的代表，但你心愁，万木萧瑟，你心宽，四季皆春，你若如花，春风必来。

「 致 远 方 的 你 」

冬天一如既往地来，只是又多了些冷，地球在变暖吗？天南海北的雪。你的信一如既往地来，多了更加的暖，添了糖的茶，是不是有了许多温馨的甜。

远方的你，弄笔话斜阳，用你的双眼，灵动出新禅。我也在远方，寥落而忙乱，愿做明镜台，照却满地伤。

走了冬天，来了春天，数字蓦然心惊，虚度又是一年。总想回到从前，从前渐行渐远，从来快乐短暂，只是当时惘然。一杯水纯净而淡然，一杯酒浓烈而醇香。那就心如静水吧，收藏好这份友谊；那就举杯邀明月吧，为知己干杯。

看着你，依然灵动又透着秀气的字，欣赏你用镜头写下的诗，恍惚间一酸，叹时光飞逝；莞尔一笑，乐见你依旧年轻。服老喽，羡慕了，你的自由还在。而我却为生活所困，终日疲累，无暇他顾。有些心酸，于是写了《给我的2016》，想想2026或是2036，心，总是迷茫困惑又无助。

于是我说，天南地北的我们，其实就是人生，有快乐有忧愁，有时欣喜，有时感伤。想开了，其实不算什么，谁都有离情别绪，喜怒哀伤，既然上天不是故意为难，何苦自哀自怜，毕竟，今冬的满目肃杀也阻挡不了下一个春天的来临。

我祈祷，在一棵枯木逢春的树下安静地做一朵小花，倚着树，听着风歌唱，看雨丝起舞。我祈祷，有爱庇护，生命周而复始，总能困境重生。我祈祷，有朋友相伴的日子，阳光总是和煦温暖，我也把它小心地收集，回送你，暖暖的纯真。

「 穿 过 遮 着 光
　遮 着 月 的 云 」

一

　　这样浑噩的天就有浑噩的人，城市被雾霾笼罩，于是这天便吃了睡、睡了吃，了无生机。高科技带来了便利、娱乐就带来了头晕目眩和颈椎增生，在枕式理疗仪梳理下醒了睡、睡了醒，无来由地就很孤单就很落寞，像遮在云层里的光，隐隐约约；无来由地就想起亲朋好友，忘记的、熟悉的以及将要忘记的和不愿想起的。思念有时候就是一种纠结，遥远的常勾起怀念，身边的却不愿去思量。一个坏天气就总让有心人伤感忧郁，一个好天气总令人期盼有情（晴）。

电话过来的时候，我有些发蒙，一个远隔千里万里的地方，国外，却有个人突然来电。我就在听到声音的时候，跳跃出一些画面，这个人在我小的时候，时常背着我走十几里地看电影、看球；时常在我受欺负的时候帮我撑腰；我偷他的钱买雪糕，他那么小气的人，却从来没拆穿过我；有一次他逗我玩，把我惹急了，一巴掌下去，打得他眼冒金星。他也急了，挥起手，扬到半空，半天也没落下来，急得一跺脚，那一巴掌结结实实地拍在了花盆上。花盆没碎，也没落下，只是我走到跟前，一看，我的妈啊！那花盆早已分裂出数条裂纹，神功啊！我替他委屈，也向他抱歉，我扑到他怀里，真诚地说了句："哥！你真爷们儿！"

那时候我还小，他正年轻。如今，我们一个年近半百，一个年过百半，一阵心酸，眼角潮湿，湿得都长出了草，在这样的初冬，阳光也在这时露了下脸，显得有几分激动……

二

也曾经有这样的天，那电话来得急吼吼的，像外面的大风呼叫。我赶过去，您监控仪的波动还在，看了我一眼，它就停了，您也走了。您的温度还在，我还吻了您。走就走吧，挺遭罪的，能做的，您、我们都尽力做了，您坚强，那么重的病，您胜过它们好多次呢，您老厉害了，真的，您老人家真牛！

妈，您挂着笑容，真的，您还笑着，以至于我不由自主地挠了下您的脚心。即使病再重的时候，您也会蹬一下，或者收一下，而这次，您没有，您不和我玩了，玩腻了，您撇下我不管了。

我没有母亲了！

这辈子再想见到您，要到梦里吧，要从照片上吧。您那么厉害，就在您走后不久，新华社制作的微电影《国家相册》第一期里隆重推出了您和您记录的历史珍贵图片《审判溥仪及日本战犯》，那时候的您那么年轻，那么漂亮，那么优秀，那么有才华，妈，我有点儿崇拜您了，我为您骄傲。我把这个微信散布在朋友圈里，他们都说，我和您比差远了，我没郁闷，我骄傲！

妈，今天是一个阴沉的天，我有些不开心，这样的天充满怀念和伤感，老妈，我想您了！

三

白天的黑和晚上的黑没什么不同，都黑，都很压抑。在黑暗里行走，没有尽头。如果有一丝光，就算是遮着星遮着月，你就会看出些许希望，就会得到些许安慰。还在锻炼，还在行走，一个目标就是一个希望，有个希望在心里升起，就会亮堂堂的，不觉得累，也不觉得黑。人生一世，心情总会受天气变化影响，不只我如此。欧阳修在《秋声赋》里说："百忧感其心，万事劳其形，有动于中，必摇其精。而况思其力之所不及，忧其智之所不能，宜其渥然丹者为槁木，黟然黑者为星星。"大意也是奉劝这样一些人，别没事劳心费力地想那些不可能做到的事，不然最后闹个长发帅哥变老朽，红颜美女成黄婆，就犯不上了。

道理确实是这个理，劝人想开，随遇而安，尽力而为，等等，看明白了，都是养生之道，学好了，益寿延年。可总有那么些人，或追求理想，或追求爱情，或追求完美，也是在不断地挣脱厄运，不断地在超越自我中寻找价值，也说不上谁对谁错，因地制宜，因人而异吧。

我走着，走着，阴云密布被风挥舞成云开月朗，想不明白的不想，做不到的不做，尽力而为，随遇而安，快乐行走，傻吃傻乐再次占据了我的大脑，脚下生风，出了一身透汗，齐活儿，回家！

「 春 暖 花 开 」

春总是在乍暖还寒里萌芽，总是在万紫千红里绽放。总归是暖了，那些披在小草根上的绿，那些染了柳梢的黄，那些充满笑容的脸，那些五颜六色的衣，那些减了衣衫盈盈而动的身影，都在告诉你，春来了，一切看起来都那么生机勃勃，一切看起来都充满了希望。春梦如花，醒来，不是梦，满目春花，花即是梦，梦即是花。梦想与现实的重逢，总让你喜极而泣，倍加珍惜。昨夜一场疏雨，淅淅沥沥，没什么风，润物无声，像是调整成静音，便知是春雨的频道了。天，晴未必是晴，薄雾成烟，笼罩，不知有晴无晴。有些心，有些情，便愈发不知所以，云里雾里，真假难辨，古人说，道是无晴却有晴，今人却在演绎着，有晴却被无晴恼。春来，相思季，一种相思，两处闲愁，鸽哨吹来，切当锦书，望天，蓝蓝一个晴，便是好，相当好。

　　一枝桃花在女孩经过后笑了，粉红的脸。女孩像是听到了桃花开放的声音，回头和桃花自拍。我在楼上看着女孩，女孩看着手机里的自己，粉面桃花，嫣然微笑，一笑倾人城，再笑倾人心，刹那间，春暖花开。不由想起早上看到的一句话：世界上最好的感觉就是你的出现或者消失，会对某些人有某些意义。于是会心一笑，很以为然。路过一次花开，路过一个女孩，都是秀色，羞涩的，静谧的，怒放的，娇人的，每一朵都是美丽美好，总会有一朵儿最吸引你，与你相伴，为你盛开。再娇艳的花朵终有凋落时，枯木逢春也好，凤凰涅槃也罢，都只是难遇的瞬间，所以爱趁现在，人生华彩本不多，请记住最好的。所以，每次路遇都是一次缘分，春风拂面，姹紫嫣红，空气都是甜的，好时光，请好好把握。

　　想起那英的歌，那一句"春暖花开"刚一出口，就像干渴的喉灌入了一股清泉，就像干涸的溪流邂逅一场淋漓的春雨，就像空寂的山野里，一声鸟鸣破空而出：春暖花开！一瞬间，天光朗朗，红花漫道，满目春色，十里花香。好听的歌遇到能听懂的人才动听，视为天籁。世界名曲歌声悠扬，你听不懂是修为不够；京剧里幽咽婉转，你看不懂是人文不够；二人转咿咿呀呀，可就有人得意这口儿。所以，听歌，听爱听的，才对路；喝酒，喝对口味的才酣畅；有缘相逢，还要了解了解。对口对路对脾气，才算找对了人，否则，也只是有缘无分，春来了，馥郁芬芳，春去了，落花流水。

　　人总会在寒冬里有一些消沉，却又在春回大地时振奋勃发。曾把闲暇时光寄托于文字，也曾在读书中漫度时光，而有一段冬天太长，竟中断了许久读书和写字的时光，春天于是在心中也黯淡无光。然而只要你心中还有春天，春天总会回来的，给你花给你叶儿给你草儿给你阳光和希望。我盼望从前的那个春天回来，在春天里读书、写字、听歌，在歌声里获得休闲、在读书里充实自己，在写字中获得快乐。在这个春天里给自己一个目标，让它慢慢实现。有首歌里唱着：

　　当你为我伴，我便得到全世界

　　我四处寻找，追寻快乐

　　我身陷黑暗，但你向我投来一束光

　　你一步步靠近，彻夜陪伴

　　当你映入我眼帘，心跳便无法自己

　　无法否认，这就是快乐。

　　书令你厚重，音乐给你灵感，写字让你更加丰富。来吧，在春天里和你谈一场恋爱，给我欢喜、力量和智慧。

「 相 逢 是 首 歌 」

一

女人爱美的心像春日的天气，随热度迸发。甫一热，那些红花绿草、五彩斑斓就从大街小巷的每个角落向外翩跹飞来。或美丽或淡雅或妖娆或清新或大方或高傲，凡此种种，便又引来男人们或惊艳或感慨或遐想。对面的女人其实也会相互吸引和排斥，或羡慕或忌妒或自惭或嘲讽或揶揄。还有那些令人眼花缭乱的衣衫，甩甩舞动的长发，随着嗒嗒作响的高跟鞋声张扬开来，随着淡雅的香气弥漫开来，随着一摇一摆一颦一笑细腻起来。四季，于是灵动而鲜活，满是女人的笑容。

二

你从我身边匆匆而过，于是那些红的绿的裙子、高高低低的鞋子，那些不绝于耳的声音从城市的四面八方汇集又分散开来。风悠悠地吹，像是一首老歌，你的回眸，是那首歌里最动听的旋律，偶尔的相逢，偶尔的交汇，或许简单的交流都没有，但有一种清纯和宁静便足以温暖整个夏天的回忆。阳光明媚，美女如云，云之高，云之白，仰慕令你不敢心存杂念，纯而又纯，剔透空灵。惊艳，你被美震撼，留恋成歌，留恋成记忆的河。今后，素手纤纤，星眼盈盈；今后，任何一个夏天，任何一种情景交融，当时的一首歌，一本书，一杯茶，一声雨后的蝉声；今后，无论是杨柳苏堤，还是晓风残月、月挂疏影，文字留香后的欣慰，都会令你心旌摇曳，为之动容。可不可以让时光倒流，为了无法释怀的纯真；可不可以让时光停住，停在最美好的相逢。

相逢是一首歌，一首收获着亲情、友情、爱情的歌，高亢者铿锵，浅吟者婉约，青山碧水开阔辽远，翠柳黄鹂啁啾清亮，潮来潮往波澜壮阔，鸳鸯戏水悠然自得。有一种合拍叫琴瑟和鸣，有一种相逢是歌声也是人生。

三

笑靥如花，看到这几个字，就总会产生画面感。一张微笑的脸，纯真女孩的脸，微风袭来，笑语盈盈，在山水旁，在回廊里，在花草丛中，一个回眸，长发飘飘百媚生。古人真能琢磨，酒窝也能开出花来。会不会是因古人真能满一杯酒，饮一朵花，何等的浪漫，何等的情调，能意会而不能言传，隐隐地开着爱慕的花，却是今人不及古人了。

斟一杯茉莉花茶，有一本书，我坐在窗前等你，等你的笑靥如花可好？

四

我在时光咖啡屋里静静地凝神，细斟慢饮着一杯又苦又甜的咖啡。对面是我曾经住过的院落，院落要拆了，心碎了一地。

进屋前，我留恋地抚摸着那段旧墙，像浏览散发陈香的画报，那些深刻的、泯灭的字，那些画着男孩牵手女孩的幽默，那些写着某某大坏蛋的搞怪，还有某某某我爱你的表白。那表白是我写的，字和我如今都在，可你在哪里？

咖啡边上放着些三毛、席慕蓉、安妮宝贝的书，每一段故事像翻着老照片，像回忆着你我的故事。夕阳西下，时光沿墙流光溢彩，那些美好在脑海、心海里涌动，涌动出一颗泪花，暖暖的，和着阳光轻轻地唱歌。

　　等你在咖啡屋里，等你在一起看过的书里，等你在一起唱过的歌里，等你在一起牵过手的小巷里，等你在金黄的梧桐巷里。你会不会忽然地出现，在街角的咖啡店？我心里唱着这首歌等你，你，可曾听到？

　　听陈奕迅在唱：好久不见……

「 一 个 夏 天 的 起 初 」

我的花开，满眼生机

夏天来了，有阳光小草，有月色荷花和蛙声蝉鸣；琴声里有鸟声，风声夹着雨声雷声，调弄出悦耳的调调。溪流边上的翠竹，小桥流水旁的少女，笑得那么纯美，令人心动，都把长裙换了短袖轻纱。

忽而一夏，花落柳长，蓝的天，白的云，红的花，绿的草，不必伤感，这边花落那边花开，东边疏雨西边日出。自然反反复复，人间愁苦欢乐，天增一年，人长一岁，我的花开，满眼生机。

从春天开始，便用相机记录花开，一路花香相伴，聆听，由外而内，由脑入心，由视觉而听觉，由此聆听花香。你听到了花香的声音，你看到了花香的舞蹈，静雅、雄厚、曼妙、激昂，你的心灵就是她们的心曲，你中有我我中有你，你在与不在，花开与不开，都在心里在梦里，在晨起微曦的阳光里，在夏日微醺的清风里，在一杯浓醇的牛奶里，在凉爽开怀的绿茶里，满满的都是爱，不离也不弃。

空间里聚着许多爱花的人，也一路跟着我看花赏花，间或点个赞，我的昵称也由花香而花花、而花痴，感恩，友谊就像风中舞蹈着的牡丹华丽而浓烈，像云水泼墨成的白描细腻而深刻，像一个热爱纯白色的女子，纯情而美好。

我的天空，一碧如洗

近晚，微风习习，躺在房脊上看书，有茶相伴，听鸟鸣声声，此乐何极。深蓝的天像崭新的牛仔裤，干净利索，燕子巡回穿行，南来北往，纷飞天涯，心，畅快悠然。边上放着相机，是为了记录那些晚归的水鸟，不知名，也无须知道，按时地飞过，准时地飞回，为了生存，也为了家。水鸟们大都结伴而行，有头鸟，有阵型，守纪律，大概也学过管理理论，很和谐，很少单飞。偶尔见到或顽皮，或落单的水鸟，也大可不必着急，我知道那个水塘距离水鸟们的家并不远，飞行距离 10 公里，玩着就看到了，完全不必担心。

这个年头的起初，又开始随心随性地写几个字，情绪来了，在空间里留几个字，情绪没了，就撂到一边儿。不太看书，也少了积累，不注重观察，就没了灵感，吃着些过去的老本儿，了无新意，对自己也全无责备之意。

懒了的时候就拿起相机，却发现拍好也不容易，想来拍照和写作也有些异曲同工之处。比如，拍摄的构图可以理解为文字架构；镜头的切换中流露出精美的长篇大作的恢宏；色彩的变化犹如文字在历史和现实中穿越……

我也在拍摄和写字中不停变换，偶尔随手拍拍，偶尔随手写写，倒也自得其乐，闲散而清净，毫无压力。

鸟群由远至近，再由近至远，心绪也随着远近高低。过去的繁花锦绣，毕竟是明日黄花；曾经的云卷云舒并不如今日的朗朗乾坤，人生有起伏波折，就有顺水推舟，你尽力你成功，理所应当，你努力却失败，亦无怨无悔。不是每个人都生逢其时，也不是每个人都随遇而安。有些努力是自我完善，有些努力是生活所迫。随遇而安也好，自我追求也罢，你活你的，他活他的，没了攀比，多了

心有猛虎，
细嗅花香

弹一曲琵琶阁吟岁月，饮一壶茉莉静待花香

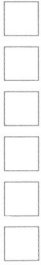

心有猛虎，细嗅蔷薇

安然。

回首天涯，蓝天依旧，天尽头，还是天，时光匆匆，无所谓始终，浩渺之中，人最渺小。

「 北 方 的 雨 」

　　北方的夏天虽不如南方那样，淡雅妆扮西子似水，朦胧绘画水墨如烟，却也浓烈如牡丹怒放，泼墨成山清水秀。

　　夏至以来，七月流火间，也有蜂飞蝶舞，蜻蜓戏水，鸟鸣山间，夜莺婉转。蝉鸣悠唱里杨柳牵风，小桥流水环抱绿水人家。斜阳外溪头处二小儿卧剥莲蓬，院落里一对翁媪喂鸭添柴。

　　芦苇荡群鸟惊飞去，荷塘里群少摸鱼忙。槐花香里棋声铿锵，小河静处笠翁垂钓。茶余饭后下棋聊天，丰收时节推杯换盏。

　　北方天气闷热的时候，大都预示着雨天的到来。大雨将至那天气一定闷得像要把人挤成汗水，连野花野草们都耷拉着头，不发出一点声息。

北方的雨本不像南方的缠绵，持久。常常是狂风暴雨大作，电闪雷鸣呼叫。暴风雨即将来临时，乌云顷刻遮天，大风一边聚集着云，一边狠命地摇晃着所有露出地面的物体，似要把它们拦腰折断。窗缝里传来风们瘆人的呼吸声，谁家未收的衣服被卷向空中，哪家没关好的窗子被吹得噼啪作响。大风卷起沙尘直扑人们面颊，打得人生疼，却不敢睁眼；塑料袋在空中无规则狂舞，不分南北东西。空气中开始充斥着咸湿的气味，乌云仿佛已重重地压在头顶。恰此时，一声炸雷在耳边响起，玻璃球大的雨点在地面上裂变成无数珍珠。"下雨了，冒泡了，谁家小孩不要了！"孩子们不顾父母的劝告和威胁一股脑儿地冲出家门，跑向雨中，在雨中奔跑、喊叫、嬉戏，他们不停地踩着雨坑里的水，再把它们用脚撩起甩向同伴；更调皮的孩子会拿起泥巴互相投掷，直到弄成"泥猴"……

"大雨哗哗下，北京来电话，让我去当兵，我还没长大"。天晴的时候，十几个孩子，坐在塘边，用手支起脑袋，看着天边一抹彩虹，想着山外的世界，想着北京、南方，想着大人们讲述的故事。

现在北方的夏天里很少有那种舒爽，那种一次下个清爽透彻的雨了，天气变得和拔地而起的大楼一样越来越没规律了。河流早已干涸，只在整个夏季里的一两次大雨后才微微露出"河"的模样。河里早没了鱼虾，河床里堆满了赤橙黄绿青蓝紫的合成物，用这种水灌溉的庄稼，养殖的产物，人们都不爱吃；彩虹很少见，飞过的蜻蜓彩蝶一不小心便撞在无数行驶在高速路上的车窗上，蚊子苍蝇开始横行城乡。村里的孩子早已为更好的幻想跑出山外……

北方的雨也开始缠绵起来，南方正下着瓢泼大雨，暴雨成灾。想到今年北方下第一场雨时的南方，正经历一场前所未遇的暴风雪，恍惚间我突然觉得时空倒转，阴阳割裂，今夕何夕？南北何方？乡关何处？竟无人相告。倏然，一颗泪珠划过，引出这段乡愁，好长好长……

「 暖 暖 」

云卷云舒，风吹着过了；人来人往，拥挤着走了；花开花落，随流水去了。即便是燕儿归来，也总有些物是人非，在冬夜里独自行走，有些惶恐，抬头有月，暖暖，便是内心的安宁和感动。

没有灯光的路，你会觉得头脑清醒而专注、眼神明亮而清晰。有些想不清的人和事，辨不清的是与非，搞不懂的真情或假意，逃不开的现实与过往，总会在这样的一个时刻，穿梭而来，恍如回放。一帧帧，一幕幕，重演，如叙如诉，如琢如磨，唏嘘、欣喜。

所以，静思，常令人脑洞大开，暗处，会使你豁然开朗。于是，在冬夜里，捧一杯茶，守着一窗星光，即便发呆，也是滋润。暗香袅袅，萦绕，引来满室月华，入梦入心，那睡便是甜的。沉溺，像是一晌贪欢，在冬夜里圆一个春天的梦，总开着希望的花……

挤在乌泱泱的人群里，四周充满着各种气味，酸的臭的，公交车的气息。闻了闻身上衣服的味道，确认不是自己的，有些宽慰的释然。想想自己还有座位可坐，想想自己不用在烈日下辛苦地工作，便无耻浅薄地满足了一下。小人物的知足不在于自己获得了多少，而在于此时此刻，畸形的比较后，心里产生的些许平衡。就像偶尔坐班车，你会发现其实今天的天气很蓝，没什么污染，有情侣面若桃花走过，有女孩手搭凉棚摆酷，果摊上有花花绿绿、清清爽爽的水果在眼前闪过，一阵儿风随车动吹来，便滋润出几分凉意。——心若平和，便是清凉。

「 等 一 场
盛 大 的 花 开 」

泡一壶茶，随手想写几个字，写对你的念，气象信息发布，连天雨，十几天，阴郁的天，看不到蓝天白云，日头也被吃掉了。突然就一阵急雨，突然就电闪雷鸣，盛开的花儿随后也蔫掉了，有几朵儿还在顽强地抗争着，是不是能经得起狂风暴雨，他们说这也是对花的考验。

爱情进入雨季，不会都是和风细雨，不会都是风调雨顺，也有电闪雷鸣，狂风暴雨。打湿了的心，分不清是滋润还是泪悲，或许什么都有。爱本来就是酸甜苦辣，有人在雨中欢快漫步，就有人在角落里独自疗伤，无关阳光雨露，所谓愁雨和暖阳只不过是应了一时的心境。就像你说你想我，冬天里也会暖出一把火；就像她说不再联系，艳阳下也会冷得如坠冰窟。过山车般的滋味总在落差里感受心挛，想得到，怕失去，想深爱，怕伤害，反反复复。她开朗时万里无云，什么都好；她暧昧时你方向全失，患得患失，不知怎么讨得她的欢喜，不知道是进一步还是退一步，左思右想，不知如何成全。女人的心思你别猜，猜不明白，所以才疲惫，心衰成疡。想起一场宿醉，胃与心疼挛在一起，痛彻心扉，痛得不敢呼吸，难受又不敢声张。如爱，有没有人能给一颗排毒养心的药，排了爱情的毒，沉醉，便可不再沾染？明知道，一旦上瘾，解药管一时管不了一世，飞蛾扑火，奔着光明而来，难受也要受！

在爱情的战场上，有时候会因为等待生出些无奈和沮丧，无奈时受尽思念的煎熬，也会想，不想了不成吗？不念了不成吗，可终究敌不过思念。人在与不在，思念都在，相思成灾，输给了等待，若能换回爱的回归，就将等待进行到底。

眼前朦胧着雨，缠绵成灾，_丝丝缕缕_，头昏心悸，竟也是醉了……

所以，醉不在酒，是心醉了，在这个雨季，看花开花谢，看晴空疏雨，看天边的星空，深邃得像一本有哲理的书，浪漫得像一本爱情的书，都没写完，等着我们共同完成，好吗？

告诉你，书的结尾我都想好了，上面写着：守得住寂寞的雨季，等一场盛大的花开！我期待。

「 花 香 小 语 」

时光

《昨日重现》的手机"撞铃"了，换了个《光阴的故事》。有人说，听你这个铃声就知道你多大年龄，然后虚荣地又换了几个时髦的铃声，但怎么听都没味道。就它吧，不换了。毕竟这首歌里汇聚了曾经那么多的欢笑、泪水、冲动、失落、遗憾、爱情、友情、亲情。我们沐浴在感动的暖流里回味从前那些青春无悔和无悔的青春，感叹如果时光能永久地停摆在那一刻，该有多好。而流年似水，弃我去者，昨日之事不可留，不如对饮高楼，静卧听蝉，与清风共明月，邀星光同醉眠，思绪成鱼，戏莲东西……

这日子还敢不敢再美好一些了！

画面

雨后清寒，只是一只临窗鸟儿的鸣唱，我们就会感到些许温暖；偶然相逢，即便是一个无意间的回眸，都会令人怦然心动。花香袭来，周身清爽，阴雨连绵，思绪无边。燕子飞来，春意盎然，蝴蝶飞去，秋色阑珊。人总在四季轮回的歌里交替着开心落寞，不经意间融汇着自己的画卷，或素描勾勒，或浓墨重彩，到最后，无非画在人去，任人点评。蔷粉若何？风光若何？逝者有灵？朋友的一句话是人生的浮白：我死了，随便怎么处置都成，反正我也不知道！

容颜

花谢了再开，年华又是一轮；人去了再来，终究物是人非。花不是花不是那时的花，人不是人不是那时的人。去年梁下燕子，今年落栖谁家？邻院花开不忍看，可怜旧相识。曾经，你开心一笑，我高兴好多天，你温暖的话，我感动好多年。今夜即便有金风玉露，也是花红别家，谁也不再是谁的谁了，就算是有缘重逢，已是梨花带雨，褪了容颜。

想到你，心猛地一紧，眼前的绿树红花已多了几分斑驳。

黄昏

黄昏，天边挂着鸭蛋黄一般的日头，像一幅渲染多彩的油画。朦胧而虚幻。有时阳光灿烂夺目如旭日东升；有时阳光婉约凄美如日落荒郊，再加上些雾霾，总令人沮丧不安。日出日落是自然轮回，欢乐悲伤是人生历练。心安意静无关阴晴圆缺；心寒地偏必知人情冷暖。

所以，晴未必有情，黄昏也会骄阳似火、落日熔金。不必凄美，即便在这样一个温吞吞的日头里，也会有一片云、一首歌、一个人、一份想念温暖你、护佑你，给你振奋对抗忧伤，给你鼓励予你安慰。于是，我知道：心有日华，就是好时光。

缘

很多缘就在不知不觉间散了淡了，想想前前后后你会遇到很多朋友，现如今在一起还有几个，也许还惦记，但大都渐行渐远。走着走着青春散了，走着走着中年过了，走着走着，白胡子老头了，你却依旧在说：年轻真好。有那样一首歌，你听着听着，歌声走了；唱着唱着，歌声回来了，时光走了。

弱点

很多时候，人是虚荣的，大多数人不愿意承认自身的不足，因为那需要太多的勇气。面对自身弱点的尴尬、克服不了自身缺陷的无奈、不得不接受现实的残忍，都使我们对自己的不足睁一眼闭一眼。我们或者逃避，或者绕圈，想方设法地不去触摸那个禁区。久而久之，往往会使自己只满足于优势上的沾沾自喜，而对弱点视而不见，丧失很多更新和提升自我素养的机会。

尽力而为

人，生来会遇到很多的难题，它就像突来的一场雨，会洒落在每个人的脸上。只不过，这个时候，有的人会想：没有关系，太阳总会出来的；而有的人却在想：我怎么这么倒霉，遇到这个鬼天气。因此，遇到困难的时候，人首先自己要调节心态，相信办法总比困难多。不去抱怨，而是千方百计地找到解决问题的最好方式，按这个方式去做。这样即便我们没有成功，我们也不会给自己留下什么遗憾了。努力而不莽撞、尽力不强求、奋斗不张扬，这样就会离自己的目标越来越近了吧。我喜欢这样。

路

有人来就有人离开，貌似公平的路，总有人走对，也有人走错。你后悔有用你就后悔，你后悔无用，就把它撇在身后，理都不用理。前面还有路，还很长很长，想想还要怎么走，不要让过去的后悔再次成为过去的遗憾，沉舟侧畔千帆过，见过，枯树前头万木春也见过，想想，前面还有很多希望，你的步子就轻快了。前提是你必须好好地走下去。

猫

蹑手蹑脚，小心翼翼地走过来，你面善它就"喵喵"叫着，博你同情。一小块鱼，一小块肠，它吃完还舔舔你的手，以示友好，舔得你爱怜又心酸。有时你给它一块馒头，闻闻，掉头走了，再也不顾及你的同情，你恨恨地骂了句"馋猫"倒也拿它没办法。猫就是猫，喜欢就喜欢了，不喜欢就是不喜欢。它要是看你不顺眼，你稍稍一个举动，它掉头就跑，噌一下钻进树丛。

第三卷　赤子之心

「 秋 天，
有 暖 暖 的 风 吹 过 」

　　寒流刺骨，万物萧杀，凛冽的风扎得人心疼。男人紧闭着双眼像是安详地睡着了，他不懂得女人此刻的哀伤。医生在给男人"判刑"：植物人！女人紧握的手在颤，像受伤的心在抖。

　　"我一定要让他再站起来！"女人倔强地想，60岁的脸上却焕发出年轻的坚毅。

　　一个月过去了，男人的病情丝毫未见好转，女人心急如焚；两个月过去了，男人依旧在混沌中挣扎，女人觉得有些茫然无助。

　　那是一个冰冷的寒夜，她拜佛祖："您要是有灵，一定要救救他，哪怕让我去死！"她又问苍天，"为什么这样善良的人要遭受如此苦难？"她感到茫然无助。

然而第二天一早，她又再次挺起了胸膛，因为她知道：一切只能靠自己，只有自己才能给爱的人新生！

春天到了，冰雪消融。男人也在"冬眠"了很久后的一天突然清醒，像是春天送来的奇迹。而请了长假照顾他的女人却更老了，一个冬天，发丝成雪，人渐憔悴。好在严冬过去，春暖花开了，卸了一冬的疲乏和沉重，她脸上重新洋溢出了希望的笑容。

男人刚苏醒过来的时候，脑外伤造成他还不能很好地指挥各个器官，人也是一会儿清醒一会儿糊涂，他的舌头发硬，不能灵活运用吞咽的功能，也不会说话。为了使他能够尽快恢复咀嚼和说话的功能，女人每天戴上医用手套为他做"舌操"。一天，也许是感到做"操"有些乏味，也许是苏醒初期脑神经还有些错乱，男人居然咬住了女人的手不撒口，疼得女人大叫，血从手套里渗透了出来。多亏护士及时赶到，掰开了他的牙齿，才没有酿成大祸。女人没有责怪，一句"轻一点，别弄坏了他的牙"，竟让护士的眼泪夺眶而出。

夏天来了，日头毒辣。女人又开始为帮助爱人重新站立而忙碌。男人长期卧床，两条腿已经蜷缩到了臀部，不能伸直，要把腿部的筋完全抻直，无疑是痛苦和艰难的。因此，每天为男人做一小时的全身按摩，对两人来说都是一种考验，常常弄得两人大汗淋漓。男人很多时候还是尽力配合、努力坚持，痛得厉害就用双拳击打床沿、紧咬嘴唇来缓解疼痛。但也有时候他承受不了那种疼痛，就会使劲打人、掐人。女人在这个时候真是"咬紧牙关毫不手软"，因为她知道，心软，男人就永远不会站立起来。于是，女人的脸上、胳膊上频繁出现被抓出的血印，有的还很深，常常是旧伤还没消去，又添加了新的疤痕。有一次，男人不干了，为了阻止治疗，他竟然薅下了女人的一绺头发，把女人疼得直跺脚。她委屈地说："你一定是认为我心狠吧，不然不能这么对待我，你怎么不理解我呢，我是不想让你成为废人啊！"男人听后，懊悔的脸上老泪纵横……

秋天来了，散了残云，晴了心胸。被阳光渲染了的梧桐树下，一对老人搀扶着前行。女人拾了很多的梧桐叶，并在金黄的叶子上写上自己和男人的名字，两人经常在树荫下的长椅上坐着进行发声练习。男人常常把"老于"说成"老驴"，把"你好"说成"已好"，弄得女人哭笑不得。但看着他吐字一天天清晰，女人心里由衷地高兴，医院的回廊里，总能听到两人爽朗的笑声。那天，她为了让男人高兴，垫了几块砖，去摘树上的山楂，男人看到一块砖有点活动，突然提醒她："老于，当心！"

女人不相信地慢慢回头看着男人，"老于，当心！"他像是为了肯定那绝对是自己的声音，再一次重复着，比上一次的声音更大。女人顺着树干一下子瘫倒在地上。她累了，想坐下来休息了；她哭了，尽管眼泪里饱含着辛酸，但那是幸福的泪水……

真不容易啊，因为有爱，她承受过太多的委屈和压力；因为有爱，她竟用瘦小的身躯重塑了一个崭新的生命。

就在这个秋天，爱产生了奇迹，风暖暖地吹过……

「 曾 经 ，

渐 行 渐 远 」

让我们敲希望的钟

我在医院等着给老爸办理病床周转，同时，也等待着老妈的检查结果。那时候雨还没下，我心里默默地祈祷会听到一个好消息。庭院里有一棵权且叫作秋海棠的树，树上挂满了红红的小果子，摘一颗放在嘴里，刚吃下去还很甜。电话来时，一阵风猛烈地袭来，惊飞了一树的鸟儿，飞舞了漫天的叶子，我惊恐地望着天，阴，愁雨绵绵。那颗含在嘴里的果子变得又苦又涩。

叶儿在半空中落下，心也随着啪嗒一声，碎裂。一阵雨，一阵风，一阵冷，一个如孩子般的我，在空荡荡的庭院里无助而凄凉。

想那叶儿，吐芽而新绿，浓荫而泛黄，坠下而腐朽，人生大体也是如此，客观规律，无人能敌。只是谁都希望生命健康长寿，情越切，思越伤。

就在昨天，也是满天晴翠，也有红花绿草，鸟儿鸣唱，甚至还有一只蝴蝶在枫叶间舞蹈栖息。天空是蓝蓝的色彩，有白鸽唱着飞翔，一切还那么可心，还那么暖。只是一天，短短一天，老天，却割裂了阴晴，一场雨，一天一夜，一夜无眠……

心烦，便乱七八糟地听着一首首新歌老歌，闭着眼，时空在脑中穿梭横行。那些哭的笑的，开心的，感动的，种种画面，随之而来。我看见那个圆滚滚的胖小子一路踉跄地跑来；我看到将倒未倒的嗔呼中总有两双手的接应；我看到我的手在你们的手心里挠着痒；我看到我的个子快追上你们时，你们却已伛偻的身躯……

我看到你们的提携变成了我的搀扶，我看到了我依靠的却攀上了我的肩头，我看到轮椅里紧锁的愁眉，借着秋风渐行渐远，无奈而茫然。

这一夜，我的心，像惊飞的鸟，惶恐而焦急，我不敢睡去，怕一闭眼，你们会突然离去；这一夜，浑浑噩噩地听着悲伤欢喜的歌，趴在微机旁，总在悲凉的歌里惊颤……

蓝天是欢快的颜色，阴云是悲伤的颜色，在蓝天里把快乐放飞，也在阴云里沉淀着忧伤。任谁无法隐藏忧伤而独享快乐，世上也没有只管欣喜的开心丸，有些事，有些风雨，躲不过，只管来吧，忧伤不是我之所愿，哭哭啼啼更不是我的风格。

我想说让暴风雨来得更猛烈些吧，但我真的没那么勇敢，我只是希冀明天是个好天气，把阴霾一扫而光。我只是虔诚地祈祷，为二老的健康，哪怕多一天也好，而那个随着深秋而来的寒冬，你快点来，也好，早点走也好！

歌依然在唱：让我们敲希望的钟啊……

想您了

万家灯火，月光初上的时候，想着去年过世的父亲、现在病重的母亲，在孤单中孑然远望的自己，心，重重地疼了一下。

"老爸我想您了！"这句话在脑子里一出现，瞬间，泪眼迷离。

老人家走的时候很安详，自己没遭罪，也没让子女遭罪，这也非常符合老人家的性格。临走前我还帮他搓搓手，搓搓脚，我感觉他的手抓了我一下，眼睛有点湿润。也就是几分钟之后，老人家便再也不会"麻烦"我们了。

老爸还有些意识的时候，不愿意在屋子里待着，坐着轮椅，多出去溜达溜达是他余生中最大的快乐和满足。有时候他想出去，家里人懒了想休息或是正好有什么事脱不开身，不能马上出去，老人家就不停地对你笑，然后给你点头作揖；如果还是不行，他就很失落，把帽子或手套重新整齐地摆在床或桌子上，坐在沙发上静静地等着，时而从沙发上站起来或者从自己的屋子伸出头来，看看家里人手头的活儿是不是做完了？是不是睡醒了？一旦家人表示可以领他出去了，他便像孩子似的开心，迈着并不灵便的步子，伴着身后"别着急走，小心！"的牵挂，先行下楼，把存在楼道里的轮椅推出楼外，猛地一屁股坐在轮椅上，然后惬意地一笑，阳光都溢满着温暖和幸福。

如今每每想起我们并不是每次都能满足老爸这点点要求，回忆起老爸每次期盼、祈求的目光，就深感愧疚和不安，真想再推您老人家哪怕一次，只是斯人已不在……

我的世界有你才好

前一秒血压 180mmHg，后一秒血压 120mmHg；前一秒心率 180 次 / 分，后一秒心率 120 次 / 分；前一秒体温 38.5℃，后一秒体温 37℃；前一秒门关上了，后一秒门被医护人员打开，我说是托她们的福。

整个白天心烦意乱，心慌成几乎休克的感觉，从杨姐那儿要了粒药，服后稍感平息。下午 4 点赶到医院，依然是医护忙碌，细心的医嘱，包括生与死的交代。也许是医生的尽责，也许是儿女的付出，也许是陪护的精心，让老天感到些许慰藉，生命的过山车开始出现平稳状态，生死毫厘，老妈使劲地一声咳都那么带劲，竟咳出我开心的泪。

晚 11 时，一切更加平稳，我一边注意观察，一边回着网友、同事、同学的问候。有人说：人在无助无奈的时候最感孤独恐惧，恰有人问要不要去帮忙？只有一句，只是瞬间，便为之动容。

医院里老太太还是一如既往地熟睡，身体恢复稳定许多。已经没有多少意识的老人家，对于儿女来说，精神上的支撑远大于生命的意义，有了这束光，心中总是充满希望。虽然没有了交流，但我依然握着她的手，我想着那血脉是沟通着的，就这么陪着她睡，看着她被阳光晒着略微发红的脸庞。

就在三年前也是这样的一个下午，已经出现脑萎缩症状的她说要回家取东西，好说歹说不回去了，但要我立刻把这东西送到她面前。我急三火四地去她家取东西再回我家，累得一身臭汗，换来的是她说："我让你去取的？我忘了。"然后歉意地笑笑。妈，说真的，那一阵儿你那么折腾，我都有点受不了了。可是你那么一笑，我的心咋都化了呢？累了，我躺在沙发上就睡了，恍惚间，你给我盖了条被子，像我小时候一样坐在我身边给唱《小燕子》，我扭过头，哭了……

我要离开医院的时候，你还没醒，我想抽出的手，却被你死死地攥着，我盯着你看，眼前一片模糊，不知是谁的眼泪，朦胧着谁的双眼。

抽支烟缓解着紧张，高楼外云开月朗，几点星辰，入冬的天也没太冷的感觉，正清爽，有清风拂面。姐说，老妈是"于坚强"，我便把手握成加油的样子，心，有激动、有感恩、有温暖在恣意流淌。加油！于老太太，我的世界有你才好！

「要尽孝
请趁早」

妈老了，仿佛一夜之间发成雪，背成弓，纹成河。形体的变化倒在其次，关键是脑筋不好使了，眼前的事都记不住，问了又问。比如，东西搁哪儿了，她一转身就忘；可过去几十年的事情却越来越清晰，叨叨咕咕些自己小时候的事情，都听了一百八十遍了，见面还和你诉说革命家史。

妈来电话说这几天不舒服，浑身哪儿都难受，记性也越来越差。有一天，重复吃了治疗大便干燥的芦荟胶囊，结果导致腹泻，都拉虚脱了，身边连个照顾她的人都没有。

我听完，心疼得不行，气得数落她不雇保姆，不注意保养身体。

妈要给我解释，我却打断她说："得了得了，你也不听我们的话，病了也没人心疼！别总唠叨了！"

妈伤心了，在那边把电话撂了。

不一会儿，姐打来了电话，说老太太也挺可怜的。"妈说，平时给你打电话，你嫌她啰唆，'哼哈'两句就撂了，刚刚她就是想和你吵架，因为只有吵架的时候你才和她说话多一些……"

被我埋怨和她啰唆、听我大声喝斥的目的，居然只是为了能多和儿子说几句话！听到这里，我有种想哭的感觉，妈真的太可怜了！我震惊得无以复加，以至于手颤抖着握着电话很久才放下。

那一刻，我才突然想到，自己小时候总是缠着她问这问那，要这要那，她从没怕过麻烦，可母亲老了，需要人陪她说说话了，我却嫌她啰唆了。这一刻，心有些疼。

记得一次我拉肚子，老妈抱着我就往卫生所跑，脏东西蹭了一身也不嫌弃。走得急，不小心还碰到了卫生所的门，磕掉了牙，弄得她满嘴是血，医生过来要给她诊治，她却用手挡着说："先给孩子看看，我没事！"可就在前几天老妈病了，我就当是一般的感冒，打个电话问了下，腿懒，都没回去问候。与母爱相比，我是如此的渺小和自私，妈一定很伤心，老妈，对不起！

路上我又看到那条被遗弃的老母狗，它始终不愿相信，它曾经带去过那么多欢乐的家已经不再需要它了。一个月里，冒着零下10℃的寒冷在已经一无所有的空地上等待。夜深时，偶尔还会传来它的哀鸣。我想那只狗也会有很多子女吧，怎么没有来看看它啊，你们的母亲受难了，它需要你们的帮助，可——你们，都在哪儿啊？

这一幕，让我心里难受极了，联想到我的母亲也赢老得不成样子了，我却并没有怎么把她当老人看，没去认真地想过如何去关心她，安慰她，似乎完全忽视了母亲已经是80多岁的高龄，自己都感到心寒。

到了家，妈正把自己埋在相片堆里回忆。看见我们来，妈拿着我看小人书的照片对我爱人说，那时是我最乖，每天一下班，看到我在门口接她，心里就暖乎乎的，恨不得把我抱在怀里使劲"咬"两口。她又拿起一张我骑在大树上的照片说，我那时候上小学了，开始淘气，调皮，不爱学习，于是老师总找家长，一个月要去和老师承认好几次错误……

我们的眼睛又随着母亲的目光盯在了我刚入伍的照片上。妈说，那时候父亲病了，当时的她很无助，而我却一夜之间懂事了，后来还考上了军校。但好事多磨，为了给我改专业，她连着好几天去求人，有的人干脆就往外撵她……可这些事，妈以前从来没和我说过。

"我最喜欢这张了，"妈拿起我立功时候的照片，"一个二等功，三个三等功。我逢人就给人家看，逢人就跟人说，我儿子还真行……"

当时我感觉母亲就像个祥林嫂。

"那时候你长得也帅气，不像现在肥粗老胖。对了，妈和你说，你得减肥，把肚子都搞大了，容易生病……"说完，妈原本刚刚骄傲兴奋的笑容里又透出了一丝无奈。

"最近总觉得身体不对劲儿，前些天还去了公证处。如果哪天我一不留神走了，好歹对你们也算有个交代喽！"

我默默听完，没说话，慢慢走上前拉住妈已经皮包骨的手说："妈，咱们回家……"

光阴如昨，岁月易老，牵手化作搀扶间，长大了我们累老了妈。时光漂白了黑发，褪色了容颜。面对着苍老，我们不可挽留，伤感叹息似乎全无用处，抓紧时间吧，再抓紧些，要尽孝请趁早，老人有福，儿女才会心安无悔。

「 妈 妈 的
母 亲 节 」

　　时光在文字的堆砌中，总会显得匆忙而凌乱，当一抹夕阳斜射在窗前的时候，那些清清浅浅的往事总会悄然爬上指尖，在悄然无声的时光中，总有一种情愫让人久久回味。岁月很长，时光很短，散落在意念间的一抹馨香随秋韵向我走来，每个人在生命中都会有很多难忘的记忆，在时光的铺叙中，那场景又一次浮现在眼前。

　　"快点快点，起床和我去给你爸送饭，太阳都晒屁股了，还不下地干活！"妈妈做好了要给父亲送的饭菜，就把我从被窝里揪了出来。我刚醒，迷迷瞪瞪地对母亲说："老妈，今天是母亲节，我自己去送，你在家好好休息吧。"妈妈说："那叫什么节日？洋节我不爱过！快洗把脸，跟我走，看你爸去！"

父亲脑外伤后遗症 20 多年了，语言中枢紊乱，行动不便，有时糊涂有时明白，而且只有三四岁孩子的智力。医生曾经说过，父亲能活到现在简直就是奇迹！而这要归功于母亲多年如一日的细心照料。

别的不说，就说送的饭菜，竟也让母亲花费了那么多心思。比如今天做的"红烧带鱼"，本来很简单，但为了让父亲吃得更香更可口，妈妈要在前一天的晚上，先用料酒、米醋、五香粉、盐、糖、鸡精、葱花、蒜、香菜"喂"一宿，让鱼"吃"进足够的滋味，到第二天早上再下锅过油烹调。这样做出来的带鱼咸甜适口、不硬不腻、味道十足，颇得老爸喜爱。

这还不算完，鱼做好以后，妈妈还要戴上老花镜，很费力地在盘子中"里挑外抉"，给鱼挑刺儿，她本来眼神就不好，常常要贴着盘子。有时她挑完你再看，鼻子上竟沾满了鱼汤，很搞笑的样子。这种苛刻的挑选，源自有一次我粗心没挑干净，让父亲的喉咙吃了苦头，挨了老妈一顿训斥之后，就再也轮不到我来做这事儿了，而改由她老人家亲自操办。

送的饭是用黑米、红豆、绿豆、薏米、枸杞、桂圆、葡萄干、银耳加事先做好的大枣汁儿熬制而成的"八宝粥"，这是妈妈自己开发研制的配方，用句流行的话说，具有独立知识产权。

每次熬粥的时候，妈妈要先把各种原料浸透、泡软，然后用小火慢慢熬。母亲年龄大了，不能站得时间太久，她就搬把椅子坐在炉前，一边添水，一边不断地用勺子沿着锅边慢慢地搅和，这样的过程最少也要一个小时。我看着母亲熬粥，觉得那就是在熬母亲的心血，熬出来的是母亲的真情。

和老妈刚走到病房门口，就听保姆一阵惊呼，原来老爸躺在床上正要解"大手"。说时迟，那时快，只见老妈急步上前，立即用手做了"处理"。看到这情景，我不由得一阵反胃，但老妈却不当回事，满不在乎地说，幸好幸好，没弄到床上，不然，你爸"矫情"，晚上又该不上床睡觉了。

妈妈把手认认真真地洗了5遍，连指甲和手上的皱纹都细细地抠着，又要来消毒水再把手洗了一遍，这才坐下来给爸爸喂饭、喂菜。爸爸喜欢吃甜食，八宝粥吃得他一个劲儿地"吧唧"嘴。这时我发现，老妈喂爸爸的时候，爸爸一张嘴，老妈也不由自主地张着嘴，老爸把嘴闭上咀嚼食物，老妈也像助威似的嘴巴鼓着帮着使劲。两人齐心合力，一会儿的工夫就把粥给吃完了。妈妈高兴，得意地笑着对我说："看看，我这'董家御膳'你老爸就是爱吃，比你们在超市里买的强多了。"午日的阳光，就那样慢慢地在母亲的脸上荡漾开来，把母亲的皱纹都抹平了。

　　快吃完鱼的时候，父亲的糊涂劲上来了，说什么也不吃了。母亲拿着勺子放到老爸嘴边，小心地试探着说："再吃最后一口？"爸爸突然来脾气了，"哗"地一把打掉饭勺，弄了母亲一脸一身。我有些着急，大声地斥责父亲："你干什么啊？不吃算了！""你吵吵什么，你爸不是有病嘛！"妈妈不但没有说父亲什么，反而把我数落了一顿，你说我倒不倒霉！爸爸却像没事人一样，笑嘻嘻地朝我们两手作揖，让我们推他出去遛弯儿……

　　和妈妈从医院出来，都快 12 点了，想请妈妈去吃烤鸭，妈妈说什么也不愿意。"别浪费钱了，回家对付一下就行了。""不行！今天您过节，说什么也得请您撮一顿。"好说歹说，算是把母亲拽到了饭店。母亲一边大口地吃着烤鸭，一边和我说，两三年都没吃烤鸭了，这儿的烤鸭真香，味道好极了。等你哥你姐从外地回来，让他们轮班请客！我看着妈妈吃得很高兴的样子，我心里却不由得有一丝酸楚，埋怨自己怎么不早点带母亲来。

　　和妈妈说了晚上和朋友吃饭，妈妈一听，就来了叨咕劲：什么你身体不好少喝点，什么我就不信，你不喝别人还好意思揪着你的鼻子灌你？我听她说这话就闹心，语气十分不耐烦地说："行了行了，别磨叽了，我得赶紧走。"可能是我的声音太大了，引得旁边的几桌人都侧目而视，老妈没想到我发那么大火，也愣住了。"这孩子怎么这样对你妈说话！"临桌的大娘不满地说。

我觉得有点对不起老妈，刚想跟老妈认个错儿，老妈却又说了："妈知道你在外面不容易，有些应酬少不了，可自己也得多注意。妈这么多年辛苦，还不是为了看着你们一个个地都好好活着？你们都是妈妈的心，可千万替妈小心保护着，别把妈妈的一片心也糟蹋了……"妈还没说完，我就觉得眼睛里的海早已汹涌澎湃了。

哥从北京打来电话，让我转告母亲，说他给母亲定的花篮一会儿就能送到。姐姐也打来了电话，说她刚下飞机，一会儿就和姐夫一起来看母亲。而且晚上就住在家里，陪母亲一起过节。

妈妈听着听着，眼睛有些潮湿，怕我看见，赶忙在用纸巾擦嘴的时候，偷偷擦了下眼角，还故作轻松地笑着对我说："这鸭子太油腻了。"

我看着妈妈孩子般的举动和笑容，也跟着妈妈开心地笑了。

「 在 此 刻 ，
让 我 紧 握 你 的 手 」

老爸刚从死亡线上被拉回来，老妈又急火攻心住院，我东一头西一头地照应，忙得头晕。今天还要去参加一个同学聚会，一大早，我带上几本老爸喜欢的画报就跑出了家门。

老爸的病刚有好转，人虚弱得只能坐在轮椅上，借助保姆的两条腿，在医院走廊里活动。

他看我过来了，特别兴奋，可一听说我马上要走，眼里明显有些失落，没说话，目光游移到画报上。想想老爸每天在医院，只有家里人来的时候，才真正有人交流，我来了就走，他心里一定是空荡荡的。我就坐下来一页一页给老爸翻着画报，看到兴奋处，老爸激动得频频挥舞着双拳……

画报读完了，我再次起身，老爸把我送到走廊门口，拉着我的手却紧紧地、久久地不松开，眼睛充满期望地看着我。一天来一次，就陪了老爸半个小时，我自己心里也觉得酸溜溜的，又转过身，从保姆手中接过轮椅，推着老爸在走廊里溜达。

我一边推一边唱起了部队的歌曲，歌声响起，老爸立刻像充了电一般，和我一起哼唱，还不时有节奏地打着拍子。走廊里散步的病友都投来了羡慕的目光，说老爸有福气，有这么孝顺的孩子，我看得出，那一刻，爸爸十分得意，整个走廊都被老爸和我渲染成暖暖的金黄色，幸福像花一样绽放在我们的脸上。

当老爸的手在空中用力地一划，变成拳，《志愿军军歌》随之戛然而止。他微笑地看着我，用手指了下门口，我知道，老爸同意我走了。

急急忙忙跑到妈妈住的医院，距离同学聚会只有不到 20 分钟的时间了。我匆忙地和妈说了爸爸的恢复情况，妈听了，眼睛有点发红，对我说：放心不下你老爸，总想去看看。

"坐下坐下，陪我聊几块钱的！"听到老爸恢复得不错，妈似乎心情不错，还和我开起了玩笑。我和妈说了，马上去参加同学聚会，妈"哦"一声，脸上的笑容故意地保持着凝固："快去吧，别耽误了。"

遇到医生，听他说妈妈的病情并不稳定，心里猛然一紧。走出医院大楼，回头看见母亲在窗口和我挥手再见，不由自主地便流出了眼泪。连忙给召集人打了电话，说明了我家里的情况，同学很理解，说：就把聚会改到晚上。

我像获得大赦似的，撒腿就往回跑，老妈笑呵呵地在门口迎着我。妈摸着我的脸说："这些天，让你受罪了，脸都瘦了一圈，等妈病好了，多给你做点好东西，给我儿子补回来！"

和老妈一人在一张床上躺着，陪她有一搭没一搭地聊着天。妈妈述说着从前我调皮的样子，像小时候她给我讲的故事。我也说了自己的工作和今后的发展。妈妈也不时说几句老道理，像曾经辅导我做功课……

慢慢地我睡着了，看见了小时候蹒跚学步的我，害怕摔倒，紧紧地拉着爸爸妈妈的手，无比依赖。那时候，爸爸潇洒，妈妈漂亮，我可爱，整个天空里都弥漫着甜橙的味道……朦胧间还感觉有人给我盖上了棉被。

5点钟被妈妈叫醒，催我去参加同学聚会。妈一边攥着我的手一边送我出门，说今天是她近来最开心的一天。我说，"走了？"妈说"好"；我说"那没别的事了？"妈说"没了，少喝点酒，早点回家，回家了给我打个电话，别让我担心"；妈的手放开了，我撒腿就往外跑，不敢回头，我怕我会哭。

父母病愈之日，也是我返回部队之时。84岁的父亲执意要把我送上火车。就在我转身离去的刹那间，突然看到，眼泪已纵横了父亲的面庞，妈妈也把脸扭向了别处。老人们选择了用这样一种真情的交流，来表达他对孩子的依恋和感谢，让我不再装作坚强。我泪流满面地趴在车窗上，把两只手紧紧地握在一起给他们看，然后给爸妈敬了个标准的军礼。

「 多 夸 夸 老 人 」

周末接老妈到家，刚进屋，她看到欢蹦乱跳的小狗特别高兴，一时激动，没换鞋就跨进了客厅，干净的地面，顷刻间便出现了一排鞋印。我有点急："妈，你怎么又不脱鞋就进来了！"

老妈的手还没够到小狗，听我一声喊，当时就一个立定的造型停在那儿了，满脸的尴尬。老婆连忙过去拿拖鞋给老人家换上，一边埋怨我说话不注意，一边夸我其实挺孝顺的，一大早就打发她去买各种老妈爱吃的奶油蛋糕。"老董头，快给妈把奶热上，把点心拿出来！"爱人打了个岔儿，算是解了围，妈的脸色稍稍缓解了。

吃完早餐，一不留神，她老人家把碗洗了，其结果是厨房的地砖上到处是水渍。我当时头就大了，抢过碗没好气地数落她："行了，你别跟着帮倒忙了！"妈看着我想说什么，张了张嘴，扭身走了。

　　我感觉自己有点不对了。妈年龄越来越大了，脑子反应也有点迟缓了，之所以还抢着活做，就是怕给儿女添负担、被孩子们嫌，说自己不中用了。

　　望着母亲在客厅里落寞的样子和她满头的白发，看着老人的目光望向栏杆的窗外和眼角皱皱的鱼尾纹，我突然一阵心酸：自己小时候也是在屋子里又蹦又跳，又画又闹，当母亲的可从来没狠心地打过骂过。她人老了，手脚不利索了，当儿子的不但没有百般呵护，反而抢白她碍手碍脚，妈的心里一定是非常失望难过吧。我自责着。

　　妈站起来说要回去，爱人一下子就明白怎么回事了，她狠狠地剜了我一眼，我知道自己惹祸了，低下头没敢吭声。

　　"妈，是不是他又气你了，别理他，他就那急脾气，洗完澡咱再教育他！"爱人好说歹说，给老妈洗澡去了。不一会儿，洗澡间里传来两人的说笑声。我心里夸着老婆，也松了一口气。

　　洗完澡，爱人说刚拍了一些照片，让老妈给指点一番。老妈那可了得，新中国摄影家协会第一批会员，给我们讲讲课，那简直小菜一碟。那一刻，我看到了这样的景象：老妈一面眉飞色舞地跟爱人讲角度、构思、色彩，爱人像小学生一样认真听讲、点头，阳光肆意洒落在她们之间，所谓温馨，在此一方。

期间，我把豆角、菜心拿给老妈收拾，老妈欣然受命。虽然还是落了一地豆角丝，但这次我没抱怨，而是一个劲儿地"谢谢妈"。

老妈的兴奋劲儿一直持续到饭桌上。讲自己年轻时的荣耀，讲摄影……

妈一边说着，我们一边不住地夸奖她"能干、坚强、有创意"，妈的脸上露出了绯红的笑意，目光灼灼，连腰杆都直了……

人老了，难免手脚不利索，难免心理失落和心态失衡，做子女的应该多关心他们，多挑他们喜欢的事情和他们聊聊，多让他们做点力所能及的事情，这样才能提高老人的信心和生活的乐趣，有利于老人的身心健康。多夸夸老人，让老人高兴，这也是做儿女应尽的孝。

「陪着你
慢慢变老」

傍晚的斜阳洒落在你身上，你躺在藤椅里，垂下的双手攥着一张晚报，眼镜落在鼻尖，安详地打着盹儿，五彩的光线与你丝丝银白的灰发自然地融合，散发着光辉。

你如此惬意又安详，一阵轻风吹来，金钱树和富贵竹的叶片也不时地在你脸上交叉辉映着黑白电影，茉莉的花香也袅袅地升腾，沁人心脾。如此和谐、温馨的画面令我有几分感动，我拿起相机记录着永远。

妈醒了，我讨好地把相机递过去，让这位曾经很有名气的新中国第一批女摄影家给儿子照张相，在儿子面前也显示下自己的"功力"。

妈端着相机的手抖动出几分迟疑，换来我几声"快点！""咔嗒"一声过后，我伸过头看——照虚了！竟然！怎么会？！

妈同样露出惊讶的表情，可不只是惊讶，包括疑惑、惊恐、委屈和无奈。妈抖动的唇，很久才颤巍巍地说出一句话："妈老了，不会照相了……"说罢，一滴泪珠已经滑过她的脸颊，妈转过身去擦拭。

我的胸膛仿佛被钝物狠狠一击，突然心碎成花……

我有点悔恨自己，我竟然没有察觉到母亲正在一步步地走向衰老，甚至不愿承认。回想起来，母亲每一次的行动迟缓，我却总是不断催促；妈开始叨叨咕咕，我竟嫌她啰唆；妈丢三落四，记忆极差，我竟然当面调侃她"老糊涂"了。可我万万没想到的是，衰老居然如此迅速地向她接近，它丝毫不顾及我们的情感，在你不注意的时候，渐渐潜伏，又突然发难。

我一下子感到：原来从现在起，与母亲在一起的每一分每一秒都如此珍贵，一起聊天，哪怕是絮絮叨叨；一起看电视，哪怕她边看边睡；一起散步，哪怕她磨磨蹭蹭；一起做饭，哪怕她总在身后耽误事。总之总有她在身边就好，总在她身边就好，她一需要就出现，最好！

我向老妈走去，拉着她老人家的手，就像小时候她拉着我。

"妈，来，对着彩霞满天，咱再照一张。"

调距、对焦、拉伸、定格、端住。好！

"老妈，你照得太美了！"我竖起大拇指。

窗内，老妈笑着；窗外，夕阳又红。

「干吗对我
这么好」

4 岁。我跳进军区大院偷果子，被哨兵发现，他抓到我，使劲儿掐着我的脖子，差点把我掐死。他一边掐还一边说！我心想：你骂我打我，我都能忍，可你不能侮辱我的先人。于是我一下子坚强起来，学着英雄的样子，上去就给了他一口，咬得他皮开肉绽。你把我拖回家，一边拖一边打，打得我一路哭号："是他先打小孩的，你怎么不说他？"你用一记震耳欲聋的耳光结束了我的申辩，从那时起，我就认为你不是我亲爹！我也不给你做什么孝子贤孙了！

8 岁。你去参加家长会，老师把我的作业本当成典型在全班展览。只见我的作业本被橡皮擦得漆黑一片，有一页居然还沾着黄黄的东西，我知道，那是一次感冒，我不小心把鼻涕流在上面了。其他家长都在笑，你的脸色变得比我的作业本都黑。这回你什么都没说，只是你前脚走进屋子，"嘭"的一声把我关在门外，任老妈怎么求情都不开门。夜深了，冷风飕飕，天昏地暗，我没处去，就爬到车队的"大解放"上躺着。我害怕了，还梦见了大灰狼来咬我，"哇"的一声哭醒了。我听到我妈我哥我姐在院落里喊我的名字，我不理他们，我在想：谁让他把我关在门外的？谁让你们都不早点出来找我的，我后悔死你们！第二天我醒来的时候，解放车"嗖嗖"地向前奔跑，我傻眼了，我不知道我要去哪里了，我拼命地敲打着车棚，让司机停下来。司机一看是我立马笑了：你家人昨天找你都翻天了，派出所都备案了，原来你这个调皮精藏我车上了……

15岁。我平生第一次当了"三好学生"。你把我带到饭店，要了那么多好吃的，什么也不说，就开心地看着我吃。从那时起的两年间，你对我的态度变了，经常带我到战友家串门，人家夸我懂事，你就笑逐颜开；你周末经常带我去看花鸟鱼虫，说这样可以缓解学习压力；还领我去集邮市场，偷偷地告诉我，你有很多值钱的邮票以后都留给我；你还总给我零花钱，你说，学习紧张，多买点好吃的，补补。我对你全方位的转变，有些不适应，可说实话，我确实感到了亲情、温馨和幸福。我舒适地接受这一切，并且开始成为你感情上的俘虏，我居然开始笑着和你说话聊天，说学习、说学校，甚至悄悄地告诉你，我喜欢上了一个女孩。令我惊诧的是，你居然问我：那孩子漂亮吗？爸，你那时的样子像个老顽童，让我记忆犹新。

幸福如此美好，但幸福却如此短暂。后来，老爸出车祸了，躺在那里，毫无知觉，我悲痛欲绝。我喊着你，声嘶力竭，可你什么都听不到。"老爸你可别走，你走了，再没人领我去饭店了！"

17岁。每天晚上9点放学，我很累了，还有很多功课要做。我不想去医院看你，可踏上自行车就不由自主地往医院走。两个多月了，你还没醒过来，我多希望有一天，当我看到你的时候，你突然把手伸向我，叫我一声：儿子过来！

17岁的那个冬天，很多的夜晚和周末，我和老妈一起帮你翻身、擦拭身体、按摩，阳光或者月光从窗子洒进来的时候，会看到我一边握着你的手，一边看书。

我开始恨你了，你为什么突然转变了对我的态度，为什么后来对我那么好？以至于我上课时想到你，就忍不住往医院跑，我本来可以对你置之不理的，你以前曾经那么讨厌我，打我！骂我！

你干吗对我那么好？妈说你为了给我零花钱，把自己的烟量都减了下来，而且尽量买一般的烟抽。我原本有机会对你不管不顾的，我还可以"报复"你，让你知道，你出车祸以后，你远在外地的宝贝大儿子，大丫头根本就抽不开身过来照顾你！你醒醒啊老爸，你睁开眼睛看看，你生病的时候，是你最不孝顺、最不看好的儿子在你身边！

你干吗对我那么好？我喜欢养鸽子了，你特意跑到农场去给我要饲料，还自己把100多斤的玉米扛回家，结果第二天你就犯了腰疼病，在家躺了好几天。车祸前的几天，你不停地给我讲你从小到大的往事，也回忆我从小到大的调皮事，说得我都有些惭愧，觉得你当时那么教育我确实是为了我好，是怕我学坏，你是冥冥之中预感到了什么，要给我个交代吗？你还暗示我，别因为谈恋爱耽误了学习，说得我不好意思地把头低下，那情景不像是一对父子，而像是哥俩聊天。

你干吗对我那么好？却又突然收回了一切，就像是重见光明的孩子一下子又跌入了黑暗。爸，你怎么这么狠，你以前对我那么"差劲"还不够吗？刚给我一点点好，现在却又要把这些从我身边要走，你居然都做得出来？

"爸，你难受了吧，看你皱着眉头，一定是躺着不舒服了或者是又把床尿湿了吧，没关系，你有儿子呢，我给你换。来来来，老爸，我先把你转到左边，我给你抽出尿布，看看，可不是又尿了。没关系，咱们换条干爽的。好了，老爸，慢慢地慢慢地，转过来……"

"爸，你怎么哭了，你哭了吗？你能听到了，你听到儿子和你说话了？你点头了？爸！"

谢天谢地，老天爷啊，我爸活过来了！他又明白了！

爸啊爸，你为什么对我这么好？你站起来，走两步，带我去吃冰激凌。

「 一 封 家 书 」

爸爸妈妈，你们好：

来信收到了，听说爸爸能走路了，太好了！我开心得都哭了。妈妈，我多么想对您说声谢谢，您不光是救了爸爸的命，您更是救了咱们全家啊。

妈，记得爸还没出事的时候，我常在家里的小院里，闻着花草的香味，看天上的一轮圆月和它旁边那两颗若隐若现的星星。觉得它们就像我们一家人一样，花好月圆地每天生活在一起，那么平常，又那么温暖，那么幸福。

可是爸出车祸了。妈，那时包括我自己和村里的人都觉得咱们家的天塌了。可是您，硬用柔弱的肩膀支撑起了全家的门梁。为了照顾我爸，您辞去了教师的工作，自己开了豆腐房，每日里起早贪黑、挨累受冻。受尽委屈，但是您也只是紧紧咬住被角，不敢哭出声。您在人前人后总是那么坚强，每天笑呵呵地面对生活并让我们感受到生命的力量。妈您知道吗？村里人是那么敬重您，他们还喊您"徐老师"，甚至连村长都夸您是"金老婆"。后来您跟我说，您不敢哭，您知道爸爸好面子、好强，怕他看到老婆难过，他更着急、更伤心。

记得一次，我逃学去河里扎鱼凑学费。您听说后就怕我有个什么闪失，匆匆把我找回家，可一到家里，您突然对我抡起了扫把……

我感到委屈，也不躲闪，躺在床上的爸爸看着心疼，又下不来床，随手抄起一只茶杯向妈妈撒去。您的头流血了，但您没吱声，只是默默地收完了一地的碎片，对我说："去看书吧，家里的事情以后不用你管。"我哭了，喊着对您说："妈妈，我错了，我再也不这么做了，我知道你苦、你累，你委屈了你就哭出来吧，你别憋着了妈妈！会憋出病的。"妈妈您哭了，那个冬天的晚上，我们全家人搂到一起，痛痛快快地哭了。

爸爸，还记得吗？为了让您早日康复，妈妈坚持每天给您按腿。您疼得实在受不了时，就用拳头使劲地擂着床沿。还有一次您疼急了，竟一脚把妈妈踹了出去。可是妈妈不但没恼火，还笑着夸您："你现在的腿上功夫比以前强多了！"您笑了，那笑容里也包含着许多对妈妈的疼爱和歉疚。

爸爸，妈妈，昨天晚上我又去看月亮和那两颗星星了。那两颗星闪烁着灿烂的笑容，像是逐步康复的爸爸和长大成人的我。而那月缺又像是妈妈，瘦得只剩下一弯儿，操劳得腰都直不起来了。

对了妈妈，爸爸再好一点的话，您还是回学校上班吧。我知道您舍不得工作，也舍不得那些孩子。我这边您不用担心，我已经做了两个家教，我会尽量少花钱，把钱攒起来邮回家里，我也是大人了，也应该帮家里做些事情了。

哈，不多说了，祝你们二老幸福快乐，想念着你们！

儿子

「昂扬，
你生命的旗帜」

那年 7 月，骄阳浓烈，你融进了绿荫，从一所名牌大学应征入伍。那天发装，你把飒爽英姿的相片用手机传发给你认识的每个人，只是遗憾没有怀抱一只冲锋枪。老同志说：我们的武器就是微机，机房就是你青春的战场！你感到神秘而兴奋，"绿色"浓得让你有些心醉。

可你的开心似乎并没有维持多久，却油然而生出几分酸酸的落寞。

简单的宿舍、统一的陈设、单调的白墙上不许贴任何海报！

出操、站队，武装带在细腰上摇摆，头发不准过肩？谁的规定？

这也不许那也不准，双休日出门还要请假，集体排队去食堂就餐！哦？

紧张的工作、突击的任务，不分白昼的临时加班，领导说：即使成功，你们也要做无名英雄！

大学，研究生，还有博士，天，什么时候才能轮到自己建功立业？

给爸妈打电话，太苦了，太孤独了，一点也不像野战部队里军歌嘹亮。

可，做什么工作的？我不能和你说，爸妈你们多理解，这是军事秘密！你哭了……

心，像是掉落到崖底，却依然跳动。你眼前出现了一位攀登者，他告诉你，因为要征服一座高山，他经历了半途而废、冻掉脚趾、只差一步登顶却遭遇罕见天气不得已放弃。他说：坎坷已经是家常便饭，想要欣赏山顶风光，不吃苦没门儿！

你的心开始飘浮向山顶，你说要仗剑走天涯。

带你实习的老同志常说"师父领进门，修行在个人"。于是你在他有几分冷峻的脸和同样冷冰的计算机前琢磨着"顿悟"。

老同志脾气不好，他常因工作不顺而发火，你常常递上一杯茶；业务有突破，老同志竟然手舞足蹈！那时候你在一边浅浅地笑。

一次遇有紧急任务，你帮着给他的孩子做饭。"爸妈离婚了，妈说爸不食人家烟火，脑子里全是工作！"你听完，心悸。孩子说：阿姨长得真像我妈妈！你听后无语，眼睛里亮亮的。

你帮着收拾完屋子，也收拾好自己的心绪，你把一扇门打开，迎向那位可敬的军人，却又把自己关在了门外。你笑笑对自己说，这是一位优秀的军人，却是一位不及格的丈夫。

老同志转业了，他把自己的全部家当——20本资料递到你面前，像是一场庄重的交接。

一个男人，服役了20年收获的精魂，沉甸甸地交到了你的手里，除此，两袖清风，你心疼；要走了，他最后看了眼熟悉的操作间，计算机，双手搭在椅背上一声叹息，你无语；岁月悠悠，似水流年，熟悉的机器，远去的人，他举手敬礼，你泪流满面……

　　你翻开那些资料，像翻开了潮湿的历史，一个个攻坚项目，一件件科研成果的思路、心得、体会一下子展现在你的面前。你仿佛看到了一名孤独的舞者，在旷野里旋转跳跃，热血激昂着尽情挥霍自己的青春。你也看到了一道闪电破空而出，璀璨了夜，明亮了天，环绕着舞者，上升，似舞的精灵，凤凰涅槃。

　　人们说你变了，忧郁的眼神依然美丽却又多了坚毅；俏丽的身姿依然挺拔，却只掩埋在计算机前。你似乎不再关心什么韩剧和高跟鞋，也不再关注最近多了什么好吃的零食和化妆品，你眼前出现的是各种程序符，甚至在多少个梦里也是与它们相约。

　　偶尔抬头望天边，你依然相信那个舞者的存在，每到这一刻，你心里就有无穷的力量激励。成功那天，你开心得手舞足蹈，竟然与老同志一样的动作。你心里"哦"了一声，似有所思，甩甩头，露出青春的笑容。

　　因工作成绩突出，你被树为军区标兵，有人忌妒，说你"急功近利"。一个帅气的军官据理力争，为你辩护得面红耳赤，众人大笑。转回头看见被感动、怔怔地站在门外的你。军官脸红："没办法，太喜欢你了，控制不住！"

牵手的夜晚，你说你想找个依靠，你提到了老同志的小孩和家庭。那军官却说他喜欢做"贤内助"；你严肃地说"这是必须的，爱我就要爱我的工作！"他频频点头。你喜欢看他眼里无云的晴空，一片澄澈。

一天加班你突然病了，昏迷中你听到医生说你脑里有瘤，要马上手术。你感到一双手紧攥住你，你安然了，甚至还笑了下，虽然谁也察觉不到。

你术后清醒得出奇快，你拉着他的手说上帝不忍心让恋人分开太久。其实他知道，你也放不下你的工作，因为没多久，你就找来了"徒弟"，让她接着你的思路把程序做下去。你看出了恋人有一点点焦虑，不过你柔情似水的一句："我要结婚！"幸福便化成了唇边的泪水。

又是一年7月，你举起了右手，你看到了红色的凤凰在升腾，一如你飞舞着的青春。你再次听到了那首从小就熟悉的乐曲，并在高吭的歌声里热血沸腾，生命源泉也从你心底里喷薄而出，生生不息。

「 月 亮 之 歌 」

上军校这年，家里变化挺大的，都是好消息——先是昏迷了半年的老爸恢复了神智，后来又在医生判定老爸再也不能站起来、停止了按摩治疗的情况下，老妈挺身而出，忍着被老爸拽头发、踢断肋骨的痛苦，咬着牙，硬是把老爸本来已经蜷曲到臀部的腿抻直了，老爸能走了！我可真想回家看看重新站起来的老爸和饱经风霜、满头华发的妈！

妈打来电话，问今年是否放假。我听得懂妈的话里满是希望和惦念，她也想让自己的儿子看看，他的老妈是如何坚强地扶老伴支撑起来的，她多想听听孩子的赞许和感谢啊。可即便听到"前方事紧"，孩子也许不能回家了，她还是控制住了自己的情绪，开导自己的孩子："要安心，要遵守部队的纪律。"

晚上，对着月亮，我想家了……

队干部开始到各宿舍做思想稳定工作，要我们一颗红心两手准备。恰好那时正放映电视剧《凯旋在子夜》，剧中展现出的战友们在前线流血牺牲的豪情壮志让我们热血沸腾，大部分学员不再琢磨军校是否放假，而是纷纷表示：要努力学习，争取提前毕业，要一展中华儿女的英姿。还有一位女学员竟然用针刺破了手指，写血书表决心！单纯、美好的心灵感染了很多人，国旗、军旗、军歌成了主旋律，人人激情澎湃。直到院里明确要求我们现阶段任务是"努力提高军事素质，打好扎实军事功底，将来为保家卫国、为军队建设做贡献"。我们的激情才渐渐平息。

队里安排自由活动，大家却不约而同地聚集到教室，有人录制了《凯旋在子夜》里的主题歌《月亮之歌》，当那首带有强烈的英雄主义色彩的曲调悠然响起的时候，这里的天空静悄悄。听着听着，有人开始小声跟着哼唱，没多久，满教室的人开始了大合唱：

当我守在祖国边防的时候，常对着月亮静静地瞧，
她像你的笑脸，不管心里有多烦恼，
只要月光照在我身上，心儿像白云静静地飘啊飘……

歌声传出了教室，也把其他队的学员吸引过来，一首歌汇成了青春、坚强和热血在整个营区里激昂穿越、肆意宣泄，飞扬着，久久不能平息。

队长这时走了进来，他做了个停止的手势，然后大声宣布："明天放假！队里已帮大家把车票买好了！"

那天晚上，我们寝室里的几位特别兴奋，不停地放着《月亮之歌》，我却睡得特别熟，梦见了故乡的明月……

「正是绿叶
秋黄时」

一

又是一年老兵复员，又是幕幕难舍难离，当所有的激昂高亢化作了无语的泪别，我们都在心中祝福：老兵走好！

连长走过来，想用颤抖的手摘下我的领花，那只是轻轻一拔的动作，他竟用了很久。我哭着问连长："干吗非要用这么残酷的形式离别？难道只有集中摘下我们的领花帽徽才显得庄重？难道就不能让我自己默默地摘下它，静静地与它告别……"

他轻轻地拍打着我的肩膀："好兄弟，别难过，其实，再过半个月，我也要走了……”随后，他竟紧紧地抱住了我。

那么烈的血性汉子，他，居然也哭了……

二

如果若干年以后，让我找出一幅最能令我感动的照片，我定会第一个想起它，记录了一次由数百人演奏出的悲怆交响曲。我看到那些大哥、那些领导，那些曾经有泪不轻弹的男子汉们，没有了矜持，没有了掩饰。多少年的坚毅、坚强、忍耐，此刻都化作了一次庄严的告别。

离开了，再吃一顿食堂的饭菜，再望一望火热的军营，再看一眼亲爱的战友；走了，其实不想走，别了，远方在何方；再见，也许永不再相见！

三

为什么喊你总泣不成声，为什么念你总热血沸腾。你在我心里庄重的名字——军人！仅仅是轻轻地念诵，就足以令我斗志昂扬。

脱下的军装静静地躺在那儿，几个月前我还穿着它，从废墟里扒出了一个个生灵；那双棉鞋我整齐地摆在床下，或许它可以告诉我新来的伙伴，我曾经穿着它战胜过震灾、洪灾、雪灾……

也许，就没有也许，也许，它会被新来的伙伴扫地出门，腐烂、消失，就像从来没有发生过的曾经。在这支成千上万人的部队里，个人再大的荣光，都成了雪落黄河，无声无息。

没有人记得我们，但祖国知道，祖国的山河知道，这才是我们最大的自豪！

四

春天的花开，秋天的风以及冬天的落阳，那些暖暖的火红的留恋的日子，在年年地成长。我们在这支部队里并不是特殊的群体，我们和男兵一样的阳刚、英勇。除了我们面庞上的娇柔妩媚，面对难关，我们也能心如铁，身似钢。

那时，我曾经为剪掉飘逸的头发而哭泣，可如今，我能够随意地装扮自己了，我却又哭了……

五

"别追了，小虎！"那撕心裂肺的口令，也没能阻止你长途的远送。以至于，我们几次停车，俯下身子，轻轻地抚摸你，亲你，甚至用脚假装踢你，可你却始终不离不弃。直到部队派人来抓住了你。我们齐声大喊：别伤了小虎！

再见了小虎！两年的朝夕相处，你我早成了亲人；再见了小虎，虽然你用牙拽着我，不让我走，甚至撕坏了我的新裤子，可我不怨你，我知道你是舍不得啊；再见了小虎，再见，悲伤成河，无以复加！

第四卷　与书结缘

「 遇 上 叶 芝
遇 上 诗 」

初识叶芝，正风华年少。那日买来的《当代外国爱情诗选》的第一篇便是叶芝脍炙人口的《当你老了》：

多少人爱你青春妩媚的身影，
爱你的美丽出自假意或真情，
唯有我爱你圣洁的灵魂，
爱你渐衰的脸上愁苦的风霜。

这样的句子横亘在你面前的时候，你会完全被那种大胆、直白的真情所感动，你会一下子感到世界上所有对爱的解释都那么苍白无力，而只有这些浓缩着诗人一生对爱的追求的话语才是爱的唯一真理，它浑然天成，又饱经考验。

　　我的眼神被吸引到 1889 年的都柏林，那里，24 岁的诗人叶芝爱上了女演员、爱尔兰独立运动的女活动家毛特·岗。我没找到毛特·岗的照片，但是从叶芝的诗里、从文字记录里，我们可以发现这位女性她深深地吸引着叶芝，使叶芝朝思暮想，辗转不能成寐。某夜，饱受相思之苦的诗人，经受爱情煎熬的叶芝，在 1892 年，为毛特·岗写下了那首脍炙人口的，流传千古的"爱情自白书"——《当你老了》，并迅速走红莱茵河畔，大踏步地攀登到了世界诗歌文学的顶峰。

　　　　当你老了，青丝成灰，昏倦欲睡，
　　　　在炉旁打着盹儿，且取下这卷诗文，
　　　　慢慢回味，那曾经欢快的锦绣年华
　　　　和柔情似水眸子。

　　也许毛特·岗只是把与叶芝的情感看作友谊，也许是天意弄人，也许这首感天动地的诗歌也感动了上帝，连老天都想考验叶芝对爱情的执着，偏偏有意为难，叶芝最终也没能与毛特·岗结合在一起，徒呼奈何。爱情有时就是这样，既像感情双方精神到物质的一场角力，又像是相逢对面人不识的过客，还像是两条没有交集的直线，渐行渐远。

无奈的叶芝眼看"蜡炬成灰"，也不能擦干泪水，只能感慨造化弄人，天不遂意，过往欢欣化作一杯愁绪：难难难！

不过，叶芝应该欣慰的是，这首爱情诗歌真的作为爱情的风向标、作为爱的真谛不断被时代演绎成不同版本的爱情故事，滋养着无数爱情中人。

水木年华唱着："多少人曾爱慕你年轻时的容颜，可是谁能承受岁月无情的变迁，多少人曾在你生命中来了又还，可知一生有你我都陪在你身边。"赵咏华唱着："我能想到最浪漫的事，就是和你一起慢慢变老，一路上收藏点点滴滴的欢笑，留到以后坐着摇椅慢慢聊……"

爱情很长很长，爱情很甜很苦，爱情酸甜苦辣都有，抛开此情可待，不要羞涩、不要沉吟。迎接爱情，趁青春正好，趁花团锦簇。

有人高唱着："问世间，情为何物，直教人生死相许！""山无陵，江水为竭，冬雷震震，夏雨雪，天地合，乃敢与君绝。"走了，无数对亲密爱人来了。

「 在 温 暖 的
　 慢 时 光 里 」

　　醒来，在一个温暖的午后，慵懒地坐在窗边，喝一杯茶，读几行书，听几首歌，时光欢快地流淌，阳光在脸上驻足，带来些叶绿花红，鸟语花香。

　　有时候会望着窗外想着书里的人和事，有时候会听着歌曲想从前和现在，有时候什么都不想，窗外的天蓝是我的，窗里的我是天蓝的，和风载我在天边飞扬，我乘长风任思绪飞扬，和你，一次远行，无忧无虑，浪迹天涯。把我的思念告诉你，你一笑，绚烂了整个夏天，花都醉了。

　　看书里的悲欢离合，其实就是一种心灵和情感的沟通，在时空和时光里交汇，心心相印。我喜欢你的时候，你才认识我；我爱上你的时候，你只喜欢我；而我离开以后多年，光阴荏苒，再次的相见，你风采依旧，明眸善睐，妩媚动人，只是多了一个人的陪伴。心，从热带风暴吹向极寒的北极，地球，你变暖吧，我只在心里说。

有一只老猫在花丛里伸着懒腰，把自己蜷缩在一起，一个梦，令它看起来分外舒服，可爱的猫是不是也和我一样做着一个有关温暖的梦。这个夏天因你的笑容从此不老，冬天在你暖暖的微笑里融化。

常常喜欢看一本书，书边顺手写下自己的感悟，有时和作者观点相同，有时相反，甚至南辕北辙，为了证明自己的看法正确，还会去别的书中或者网络上下载其他数据来充实自己的观点。我喜欢这样读书，不做别人的脑子，不当别人的喉舌，我吸取着精华，遗弃了谬误，也增加了自己的知识。这时的读书是灵活地读，不带任何功利地读，抛开一本书、一个作者，把读书的外延扩大，让自己在读书里感到交流的快乐，对话的快乐，挑战权威的快乐，顺便给自己充电。

读书久了，就会不由自主地也想写下几笔自己的感悟，有的人干脆也自己试吧试吧去投稿。古人说，熟读唐诗三百首，不会作诗也会吟，大致就是这个情况。只是读书和写字这对看似是双生花，实则差距太大，读了书也写不出半个字，或者读了很多书，但文章稀疏平常的也有人在，但大多数人还是会在读与写中获得快乐和提高。只是，你要想写成大家，除了勤奋，多思，还真要有点天分，就像陆游闲庭信步着就能写出"更无一点尘埃到，枕上听新蝉"，而有人可能搜肠刮肚，也只能倒腾出几句烦蝉聒噪，昏鸦嘈杂，所以大多数人把写字当成看书的调剂，爱好而已，如我。

年轻时爱看老人写的名著、大部头儿，跨过中年的坎儿，却喜欢上了年轻人跳跃飘逸的文字。那些文字中总有些空灵，总有些不同，总有些情感令你感动，读着读着，心态都随之年轻起来，心不老，爱就在，欢颜就在，身体里就流淌着青春的岁月，汩汩不息。

也曾这样描写过情感：盛夏，恋爱季。心似碧草，长如柳丝。浪漫如花，铺天盖地。那些简约的淡雅恬静，纷繁的浓烈如火，漫山遍野花无涯，一路天涯，天涯已远，思无涯。鲜花弥漫，貌美的、娇柔的、香艳的，无数蜂蝶被吸引着纷至沓来，一个投奔，一个拥抱，一生一世，前赴后继。花季就这样展开，一次注定妖娆的旅行，伴着风雨，浪迹开来，散播一路爱，结出这样那样的果子，酸酸甜甜，有人观望，有人驻足，有人采摘，有人歌唱：相爱的日子有多美，纯真的年代像流水……

草长莺飞，花样年华。

　　于是知道，即使在将老未老的年纪也可以写出这样的抒情，也可以写出这样的唯美，你的心年轻，连健康都肆意增长，令人开怀，你的字也会变得赏心悦目起来，像回到旧时光里开出一朵灿烂的笑容，静谧洁净。

「 好 书 如 水 」

一边想着前些日子朋友为了接我出了车祸的事，一边上了出租车，车行半道儿才想起来，糊里糊涂地把爱人刚给老爸织的毛衣，随手当垃圾扔了，赶紧让车师傅往回开。

回到楼门口一看，东西早就杳无踪影，就知道是被人"捡"走了。爱人怕我着急一个劲儿地安慰我、讲笑话。可我的心情一下子沉了下来，恨自己近来做事总是粗心，不由得照自己大腿给了一拳。

从父母家回来心里依然不能释怀，爱人要去朋友的书店买些编织的书给老爸重新织毛衣找样子，我虽然答应了，可声音里也没好气。

坐在书店门口的沙发上我持续发呆，陆陆续续有人进出，每次他们都像看怪物似的看着我，这让我很难受，有种被展览的感觉，心里开始埋怨爱人还不快点挑选。爱人一会儿过来一趟，拿着本书问我样式是否合适，跑了四五次以后，我不耐烦了，嫌她"磨叽"。

当着那么多人面，训斥爱人，她也有点沉不住气了："你弄清楚，这可是给你老爸织毛衣！"我自知理亏，红着脸低头不语。

书店老板倒是善解人意，给我拿了本文摘类的杂志和一串葡萄，让我一边看书一边等。书，起初我只是随意地翻翻，看着看着，我就被书中的两个片段所吸引——一位落魄商人，背着债务与命运再次抗争，经历寄人篱下、被人逼债、谩骂侮辱，却又重整旗鼓并赢得了尊重，这故事让我的心不由一振；我又看到了一篇配画的古典诗词："纨扇婵娟素月，纱巾缥缈轻烟。高槐叶长阴初合，清润雨余天。弄笔斜行小草，钩帘浅醉闲眠。更无一点尘埃到，枕上听新蝉。"眼前仿佛真的出现了一个细雨缠绵之日，微风拂柳荡起池中涟漪。雨中蛙声一片，见小荷初放；岸边兰草葳蕤，现暗香盈动。谁家一只竹笛，宛转清亮，为人驱走困倦。不远处茅屋居处，一老翁正冥思苦想，忽而舒展眉头，提笔疾书，书罢弃笔抚髯而笑，枕上聆听新蝉……

我被书中的美好所感动，一手吃着葡萄，一手翻着书，恰有清风送爽，嘴甜心更甜，刚刚的"心火"也早化作了一池清澈，居然连老婆叫我"走了"都没听见。

"想什么呢？这么会儿气就消了，看来这书还真有点魔法啊。"

我抬头看了她一眼，故作深沉地说："那当然，那当然，好书如水啊！"众人大笑。

「 当 年 买 书 」

年轻，求知若渴，什么书都爱看，常常是见到中意的书，就顿起"歹心"。总觉得好书放到书店的柜台里，那是暴殄天物，不如买来在自己家放着、读着舒服养眼。那种心态，既像自己看中的拍卖品不想让别人拿走；也像是碰到千年一遇的情人，为她朝思暮想，想方设法也要娶到家；更觉得只有把书买到手，才算是知识灌进脑海里了。

年轻时钱少，一个月除了交伙食费，就剩下五十来元，其中还要拿出 30 元买书，日子过得是入不敷出。可既便这样，看到好书，还是要买。为了买书我经常是月底借钱，开资还钱，还了再借，借了再还，反反复复周而复始。好在我讲信用，没发生过不按时还钱的事情。所以借钱的时候，只要大家手里有闲钱，也都给面子，这种情况直到我快结婚才有所收敛。不过结婚没多久，我就原形毕露。一次在书店里看到一套《世界中篇佳作选编》，呵！高兴，买！可没带那么多钱，着急。又听服务员说就剩下一套了，更急了，赶紧掏出证件压给她，和人家说："这套书我买定了，我这就取钱去，你一定给我留下！"说完跑到电话亭打电话给老婆，让她立马提钱来见。

等待的心情辛苦而迫切，半小时就像过了半年。好不容易看到爱人从拐角出现，我倏地冲了过去，一把抢过钱，嘴里还不住地埋怨"咋这么长时间啊？"我爱人一听这话，气得都差点哭了。

我顾不了那么多，撒腿就往书店跑，把钱往柜台上一拍，我自己都乐了：那钱凑得，真是一分一毛都拿来了。想着爱人到处借钱，冒着酷暑骑车送钱，实在过意不去。想给她买瓶汽水，可一翻口袋，兜里早已是分文皆无。"渴了吧？"爱人从身后递过一瓶汽水。我当时又感动又羞愧，真想抱起她亲一大口，再给她唱："我爱你，就像老鼠爱大米。"

后来读书越来越多，灵感来了，就随手在书页上写几笔。再后来，这些小感悟、小灵感陆续变成了铅字，有限的稿费又交给书店换来了书籍，伴随我继续读书、写字。如今，虽然电子阅读成了时尚，但就我而言，还是喜欢在节假日里逛逛图书城，享受在琳琅满目的书架上反复翻阅、寻找和发现心仪书籍的那个过程。我也欣喜地看到依旧有那么多家长带着孩子，依旧有那么多的年轻人和我一样，在书店打造的知识海洋里徜徉，流连忘返，只为书香。

　　书店多，证明一个国家热爱阅读的人多，读书人多了，这个国家才有希望。

「 读 文 写 字 」

年少时的文字有时候像儿童画，清纯、灵动，有的时候自己都不由自主地被自己打动，那里面满是风花雪月，一个眼神的脉脉，都把自己甜醉得一塌糊涂，但那种感觉稍纵即逝；成熟的文字像油画，每一个层次都留给你足够的想象空间，看起来很远，你一直被人家的感觉牵引进来并迅速延伸，那是你心底里发自肺腑的感动和认同。

你喜欢一首歌，一支曲，那绝不仅仅是因你听到并听懂了其美妙的旋律，而是由听觉而视觉，由感知而思维，由心灵产生的震撼、感动和美好。看一幅画，读一段文也是如此。今天看到一个小女孩写的句子："我想成为妈妈那样的女人，找个和爸爸一样的男人，然后有一个和自己一样的女儿。"那种幸福、美好和自信溢于言表，飞一般地飘动在心。我一直觉得写散文也好，写小说也好，文字不管如何华丽，构思不管如何巧妙，在你的文字里总要有一些被人看起来美好，令人读起来回味、拍案叫好，并且一针见血的句子。只有这样才能显出作者的风格、思考和文字的灵魂、特色。

　　也见过一些文字作者，文字功底，写字时间都很久了，有的也小有名气或很有名气。而且每个人写到一定程度都会形成自己的一套路数，不好改，也不愿意改了。只是社会进步，文字也在进步，表达方式更在提高。真喜欢看这种文字："我喜欢你管着我，那是被人在乎，捧在手心的温暖。"也会有人并不看好年轻人的文字，但其实年轻人的文字也在促进着这个社会的文字进步，他们是也应该是带动文字进步的原动力、创造力和前进的旗帜。在年轻人的文字面前，我真的有些服老了，很多时候，感到文字于我缺了灵性、少了沉淀，既比不了前辈作者的厚实和凝练，也比不了年轻作家的飘逸和灵动。夹在中间的我，于是很久写不出字来，直至今天，有时手痒，也弄几笔出来，但时常感觉像一些音乐节目里的选手，在最"要劲"的时候，突然稀松了，让你攥着想要一起升腾的心，哗啦一下下来，感觉浑身上下哪儿都不对劲儿，无处发力又疲软乏力。

　　我的笔有些滞涩，它被搁置了好多年。我想记录下我的感悟，但它却凝固在那里，一如小时候那些质量不好的钢笔、圆珠笔，冷了，就要放到嘴边"哈"几下，或者甩几下，那些"油"才会极不情愿地流在纸上。于是我明白了：为什么有些人写不出文字，总爱摇头晃脑，像是要甩出点"墨水"，只是有时灵光，有时徒劳。几年的放弃，书读少了，没有能量补充了；字不写了，脑子也不再接受刺激了；面对周遭的一切也失去了反射，有些木，有些伤感，似乎从前的乐观也变成了如今的凄惶，文字也老气横秋了许多。如此，我明白：时光在年轮上画出静美图画的同时也在我们的额头上留下了深深的皱纹，光阴或明或暗，你无视它，它就从你身边轻轻走过。

很多时候我会感觉紧张，不写文的空闲，我总觉得缺了点什么。越写不出来越紧张，像一个没完成作业的孩子，心悬半空，无处依托……假如有一天，我又开始写，写那些我喜欢的句子，我还会很开心，像个单纯的孩子一样……

「 三 本 书 诉 不 尽 的
军 旅 情 」

　　我真正看文学作品好像是从高中开始，那是 80 年代的中期。尽管我和我的父母兄姊这些书虫在同一屋檐下，对他们在充满着书香的屋子里手不释卷、废寝忘食地阅读的场景也是耳濡目染，但那时节，我不喜欢看文学性太强的书，只喜欢玩。然而，后来随着年龄渐长，我青春的心灵勃发了为国建功的雄心壮志，于是徐怀中的《西线轶事》、李存葆的《高山下的花环》、韩静霆的《凯旋在子夜》自然而然地占据了我的枕边，成了我首选的课外读物，读书也渐渐地代替足球成了我排在首位的课外活动。

　　《西线轶事》中的女兵们"身不在男儿列，心却比男儿烈"的冲天豪情，让我树立了"青山处处埋忠骨，何须马革裹尸还！"的雄心壮志；《高山下的花环》《凯旋在子夜》中的一个个鲜活的英雄形象，令我下定决心："黄沙百战穿金甲，不破楼兰终不还！"感人故事激励得我热血沸腾，并在我心中深深埋下了"保家卫国，死不足惜"的种子。我也在 1985 年真的穿上了梦寐以求的军装，开始了我一生中最辉煌、最值得骄傲的生命旅程。在此后 20 年的军旅生涯里我先后荣立过一次二等功、两次三等功，被评为军区优秀基层干部，获得过一次军队科技进步奖，军人的荣誉汇成了我生命的精彩篇章。在很长一段时间里，正是这三本书给了我无穷的精神动力和思想源泉，支撑着我越过一个又一个人生难关，并始终不向困难低头……

再次注视这三本书，时光又匆匆 20 年有余。其时，它们被压在书柜不显眼的一角，等待着我决定把它们抛弃还是带回老家。此时我的心猛然一凛，像见到了久违的老友，急忙从书柜中把它们抽出，捧在手里，轻轻地掸去上面的灰尘，泪水，倏然夺眶而出。我的老朋友啊，这么多年，我不但从记忆中抹杀了对英雄的景仰，也渐渐失去了这书给予我的精神支柱。有人说："铁打的营盘流水的兵，没有人能当一辈子军人。"可我终归未能信守对父亲—— 一位老军人许下的诺言——"为国奉献，永不言退！"在家庭困难、发展环境、工作待遇等多种因素影响下，我选择了离开。我后悔了，在我即将告别"战场"、信仰、荣誉之时，在我怀念起激情澎湃的一幕一幕的瞬间……

转业后的很长一段时间里，我经常错把自己还当作军人。当我看到军人为保护国家财产不受损失、为保护群众生命不受侵害而舍生忘死、奋不顾身时，我都由衷地自豪和骄傲；当我听到大家说"当兵的都是活雷锋，解放军个个都是好样的！"我仿佛觉得是在表扬我自己，得意的感觉充满了全身。2007年那次大雪过后，很多人自发地走向街头为帮助人民抗击暴风雪的子弟兵送行，人群里面也有我。只是，这次我不再是军人当中的一员。

"大解放"的车厢里军歌嘹亮，坐在驾驶室的军人向欢送的人群举手敬礼，我也不由自主地庄重地抬起了右手，可却又无力地放下了。"我不是军人了，我只是一个旁观者！"这念头一出现，我的心撕裂般的痛，刻骨铭心！

如今那三本书在我新房的书架上占据着第一层第一排的位置，尽管现在过着悠闲的生活、尽管没有了军号声催我奋斗，我依然要让它们成为一种标志，以记念我曾经无悔的青春以及那渐行渐远的军营和永远扎根于我心中的挥不去、磨不掉的军人印记——我曾是个兵！

「 雨 中 随 想 」

喜欢下雨，特别是在周末休息的时候。雨无论大小，身边有书、有茶、有椅即可，有时也奢侈下，弄点应景的音乐听听。雨大的时候，喜欢看些军事、武侠类的小说，除了被军人的大气凛然、慷慨卫国激励得热血沸腾，也对各类武侠高手佩服得五体投地。有趣的是，看武侠书的时候，常常连着看、混着看，于是关于张无忌还是郭靖、黄蓉还是赵敏，在脑海里经常是交叉出现，错综复杂。

大雨里的音乐常常是《十面埋伏》《凯旋进行曲》之类，听起来就让人振奋，以至于常常兴奋得熬个通宵，即便是雨停了，也不会放下。有时，还会喝一大口茶，走向凉台，在骤雨初歇之际，与书中人物共同感受什么是酣畅淋漓，什么是大获全胜，什么叫爱国情怀。

雨小的时候，喜欢看些精美小品、爱情文字、抒情散文之类。这时的读书，心里并不着急，还时而停下来，望窗外烟雨蒙蒙，借着"沙沙"的雨声，增加读书的快感，茶、藤椅，也都成了读书的道具。当然，茶，要细细品，要品出书中的清新和灵动；藤椅，要慢慢摇起，和着优雅的节拍跳心灵舞蹈。"轰隆隆的雷声响起一阵阵，路上跳起细雨的节奏……"我在《雨中即景》的旋律里读书，空气都弥漫着滋润的味道。雨中也曾感悟：书之所以感染人，在于它能与各种各样的人进行着心灵的沟通，在于与作者相互交融时的一种解脱和得意，在于相互之间以书为纽带取得共同的宣泄，在于从中受到良好的感召和启发……

儿时读书大多为了快乐，少时读书大多为了受教育，中年读书大都为了思考和探索，老年读书更多是为了某种回忆。清贫时代读书，为获得更多激励；闲暇时代读书，是为了调剂优雅生活；迷茫时代读书，是为了追求真理和寻找救国之道；如今读书，是为了摆脱空虚、麻木、虚无和寻求民族的本根和精神内核。

我现在很少读书了，各种诱惑，使人无法静心阅读。多么希望自己再有个悠长的假期，有几个雨天相伴，一个人，于安静的房子里，于"滴答"的雨声中，捧一本书，一边读一边想，然后悄悄地睡去，醒来，清风送爽，云开月朗，花香满楼。

「 你 快 乐
就 是 我 快 乐 」

　　年底了，老婆工作挺忙，常常弄些数据报表回家加班，这可苦了我这大老爷们儿，不但要端茶端水、笔墨伺候，还要经常给做点夜宵，帮忙做表，输入文字数据。我虽然嘴上叫苦，但能帮老婆减轻些负担，我心里特别高兴。

　　这天她在核对数据，我则在网上得知我的一篇文字被杂志采用。稿费300元啊！我从来没赚过这么多稿费啊！我激动地挥拳砸了下桌子，疼得我直咧嘴。

　　顾不得许多了，我一下蹦起来蹿到老婆面前："用了！用了！我的稿子被杂志用了！"我手舞足蹈地说，有点像范进中举。老婆沉浸在数字的海洋里，居然一点反应都没有。"我的稿子被用了！走，看看我写得怎么样。"我拽着她的手。

"撒开撒开，你有点正经的好不好？没看我正忙呢？你看你看，刚校对好的数据又被你搅乱了，烦不烦啊！"说罢，把笔往桌子上一掼，一脸生气地看着我。

"不看算了，你就知道一天忙自己的事情。"我有点生气，扭头就走，不小心碰倒了水杯，一地的碎片像我失落的心。

老婆觉得自己有点过了，跟过来对我说："别生气，我不是故意的，只是想快点完成任务，不然心里不清净。"我坐在微机前，头都没回地说："我帮你忙单位的事情，是知道你事业心强，不做完工作就不开心。我常想，一个家，只有你快乐了，我才能快乐，可我这么体谅你，却没能换来你对我爱好的支持，我能不生气吗？"老婆被我说得一下子愣住了，她自己似乎从来没想过这个问题，半天也没说出话来……

整个晚上老婆都没睡好，翻来覆去的，我想可能又是数据没弄明白。唉，她每天忙于工作也着实辛苦，原谅她吧，相互生气对谁都不好。

转过天的中午，有快递员送来了一套《林语堂文集》。那红红的、漂亮的同心结包装，让我怀疑地问快递员"有没有搞错？"猜测中我又匆忙打开包装，只见第一本书的扉页上写着："你快乐就是我快乐！——送给我最爱的老公"。

我开心地笑了，自言自语地说：这老婆还是可以"改造"的好同志嘛！走喽，买菜犒劳老婆去喽！

走在路上，看晴空骄阳，风吹过的心，清爽得如此美妙，整个天都被我的欢快所带动。脑子里想：如果爱人们都能相互支持理解，如果相互间都给予宽容和温暖，如果快乐能在彼此间毫无障碍地传递，天，应该永远是纯蓝色的吧！

「 快 乐
如 此 简 单 」

打开窗，阳光铺洒到我的脸上，舒适地吸了一口气，空气真香，又听到鸟鸣，我有点醉了，心也跟着快乐了许多。

回过头来看自己的小窝，满屋子乱糟糟的，快乐似乎又远离了我，干脆什么也不干了，收拾屋子。

先把抽屉里的东西往外扔，几根没油的签字笔，总想换了芯再用，放了几年也没换过，扔！ 10多个啤酒瓶盖上面写着"奖一瓶"，是几个哥们儿很久以前到家里喝酒时留下的"副产品"，早就过期了，扔！书柜也很乱，乱七八糟的杂志小报也不少，不再看的，扔！

　　说来，现在读书的人少了，高速发展的社会，读书载体的多元化，令读书不再是茶余饭后、工作之余的唯一休闲或学习方式。社会的竞争、浮躁的心态，光怪陆离、灯红酒绿的诱惑，都使人很难静下心来读书，"读书无用论"甚嚣尘上，有空又能静下心来读书的人越来越少。

　　想来，自己还是喜欢读点书的。喜欢唐宋诗篇里"更无一点尘埃到，枕上听新蝉"的恬淡安然；更喜欢"会挽雕弓如满月，西北望，射天狼"的气节和豪放。那本《在北大听讲座》系列丛书，时常灌溉我干涸无知的心灵；木心、余秋雨的散文，叶嘉莹的诗词讲座令我徜徉在中国文化的海洋里，乘帆远航；国外我最喜欢的作家是雨果，不只是喜欢他的文字，还有他对世事的分析和判断，许多有哲理的话语，放之今天也皆适用……

　　最后伺候了我的文竹，它爬满了窗框的四周，我为它喷洒雨露，感受了滋润的它便伸展开腰姿，更显得清新动人，风姿绰约，美美地送给我一片遮挡世俗的绿荫屏障。

　　收拾完，有点累，半躺在椅中，细嗅着清新的茶香，享受着自己创造的舒适，心里清亮亮的，有种轻松的满足。快乐原来可以如此简单，收拾心情，就可以获得快乐和喜悦。

「 读 书 记 忆 」

我从小的时候就特别爱读书，由于家庭和父母单位的原因，那时候读书也很方便，有的是读书的地方，也有很多书可读，但是大部分看的是小人书。我看书有几个渠道：一是哥哥姐姐看过留下来的，主要是以英雄人物、战斗故事为主。从书里我认识了董存瑞、黄继光、邱少云、小英雄雨来、雷锋等英雄人物，小人书里人物刻画得栩栩如生、生动感人，有不少作品都是出自大画家的手笔。二是少儿图书馆、父母单位的图书室的藏书和后来家里又买的一些书。

稍大一些的时候，开始看一些能读得懂的杂志和儿童小说，能记住名儿的有：《红小兵》《儿童文学》《新少年》《少年文艺》《新来的小石柱》《战地红缨》《雷锋的故事》，等等。这个阶段，国家开始逐步步入改革轨道，书的种类也多了，内容也更加丰富了，思想开始开放。记得那时《少年文艺》连载了黄蓓佳的一篇小说，其中一部分有关于青春年少的恋情的描写，很生动、很贴近少男少女们的生活，连载看得不过瘾，恨不得到黄蓓佳家去取还没发的部分。天天等夜夜盼，终于盼来了下一期，饭也来不及吃，一气读完，爽！可是年少的爱情哪有几个成的，小说里也是如此，为此也郁闷了好几天，像是自己失恋了似的。几乎相同的状况出现在看电影《红楼梦》，越剧的，本来越剧难懂，可小小年纪，愣是看明白了宝玉和黛玉是怎么回事，在电影院里哭得一塌糊涂。我爸就对我妈说："这孩子以后得看住了，不然会出事。"老妈逗趣地说："那还不是像你，天生情种。"

不管老爸老妈怎么说吧，电影《红楼梦》给我留下太悲哀的印象，从此，所有悲剧电影小说一概不看，到现在《红楼梦》在我脑海里的印象就是小时候的电影和评论家的书评。因为要拒绝悲伤，所以有很多悲情的名著也同时被我打进了冷宫，到现在也不想看，也是一大遗憾。

从初中到高中毕业，基本上没看过什么书，记忆犹新的是，一套 10 本的《中国古代短篇小说故事选》。那是一本集"三言""二拍"之大全的书，书中包含了中国古代儒家、道家思想，古代诗词及言情小说的精髓。由于是内部发行，父母拿到家来还很神秘，怕我们看到，东躲西藏。可是好猎物，终究逃不出猎人的眼睛，首先是哥哥发现看了，然后我们一起跟上，老爸老妈还算开明，也就不再勉强管了，任由我们取其精华、去其糟粕。

想想那时在书里读的很多东西，到后来竟然潜移默化地影响了自己对社会的认识及价值取向，甚至影响了自己做人的理念。书中说到的："忍一忍风平浪静，退一步海阔天高。"让我无论经过什么样的坎坷，也能很好地把握自己，在逆境中生存，并寻找生活的乐趣；"出淤泥而不染，濯清涟而不妖。"让我在纷繁复杂中，偶一得意时，还能反悟自己做事是否对得起良心。

从高中到结婚之前脑海里几乎全被琼瑶、三毛、金庸占据着，间或还有《高山下的花环》《凯旋在子夜》《西线轶事》等军事类文学。那时候看琼瑶、三毛上瘾，男女老少都看，琼瑶的天空，琼瑶的梦。我那时做梦，不是烟雨蒙蒙就是游撒哈拉沙漠，还时不时地华山论剑。

说起琼瑶，还得说感激，她让我领略了中国古诗词的韵味，并从此喜欢上了中国古典文学，她的小说有着深厚的古诗词功底，在我们当时的那片文化沙漠里、在那些需要灌溉的情感荒田上，也不啻是一株奇葩。她让我们明白了什么是真正的爱情小说。

我婚后的很长时间里由于身体不好，过着饭来张口衣来伸手的神仙日子，这使我有时间阅读了大量的名著和古诗词，长了长学识，狠狠地慰藉了一下我贫穷的心灵。那时的我，一张椅、一杯茶、一本书，相看两不厌，唯有"颜如玉"。常常是数花开花落、看云卷云舒、听鸟鸣声声、问窗前流水，无比滋润，只是苦了老婆大人。

偶得一本好书，几个朋友争相传阅。大家读罢，找一月朗星疏之夜，三五好友、几瓶啤酒、自烧小菜，说的是醉人醉语，谈的是胡说八道，吵得是"针锋相对"。什么"谈笑有鸿儒，往来无白丁"，什么"君子之交淡如水"，都抵不过此时的"欢言得所憩，美酒聊共挥"。

这几年随着工作岗位的变换，读书的时间越来越少了，可读的书也不是很多，年龄的增长，浮躁的心理，都使我看不进去散文以及名著那样的大部头了。这几年读的好书里，当推的是二月河的"帝王系列"，在我看来，写得最好的就是《雍正皇帝》，书中人物刻画生动感人，心理描写细致入微，整体构架舒展得体、收放自如，历史场景铺垫真实、大气磅礴，真是本难得的好书，我点灯熬油看了三个不眠之夜，获益匪浅。

我喜欢读书，也确实从中学到了不少的东西，在书中我和海明威一道感受过男人的勇气和毅力；同雨果探讨过文学和社会哲学的关系；在孔孟之道里了解什么叫博大精深；在古诗词里感动着美好带给我们的力量。总之，想看的书太多太多，越看越多，而时间却越来越少。如果有来世，我真的还想说：我要读书！

第五卷

昨夜闲谭

「我和我
　　追逐的梦」

　　我抬起脚，即将跨过的这道门槛，有个众所周知的名字，叫年过半百。如锐器伤心，黯然神伤。这么快，感觉刚刚还过着儿童节呢，刚刚还扎红领巾戴团徽呢，刚刚还念着纯真的爱和牵手的人，怎么就花开花谢了，怎么落花流水了，小荷才露尖尖角不是吗？刚梨白桃红春江暖不是吗？怎么黑发斑白了，怎么就白驹过隙了，怎么就似曾相识了，算如今，当时明月今犹在，不见去年彩云归；旧时微雨双飞燕，如今独自看落花。

　　我在那个清晨里醒来，醒来在过往的回忆里，时而温暖，时而伤感。来来往往的人和事，了又走，往事如昨，欣喜而泪下。像听一首老歌，曾经渐行渐远，由内而外地感慨。唱着唱着歌声来了，唱着唱着你走了，唱着唱着歌声回来了，时光走了，是否还差一个当初的愿望和守候。

曾梦想仗剑走天涯，看遍了人生冷暖，也经历过波折和开心，那一颗童心至今未曾泯灭，理想和现实却各自天涯海角。筷子兄弟唱着那首叫《老男孩》的歌，唱得撕心裂肺，唱得泪水横流：当初的愿望实现了吗？只剩下麻木的我没有了当初的热血。曾经爱过的人，最终也没说出那句话；曾经伤过的心，也请接受我真诚的道歉。答应父母的愿望，一半在天，一半落地；曾经深爱过的所谓事业，如今变换了模样，梦中的蓝天里挂满的依旧是红的星和绿的星，都是五角星。我想了整整一夜做出了离开的决定，然后在随后的一周，所有的红和绿都不敢轻易碰触，我心疼，但是没人知道我心痛，也没人心疼我；他们说男儿有泪不轻弹，我说我还是什么男儿，喜怒和哀愁今生不能由我，任风带我停停走走，就让我哭吧，哭完了，再不留恋。

只是不能听那些高亢的歌，不能看那些穿绿戴红的人，为什么听你总泪流满面，为什么见你总泣不成声，从此，生命里没有了军号声声，没有了军歌嘹亮，那一身留作纪念的戎装，压在箱底，纵是斗转星移，也永不褪色。

你，爱不爱我，我不知道，但我知道，我爱你！深深地，生命里每一滴血都是你的迷彩，一举一动仍有从前的影子，有些特殊的日子，会不由自主地大臂带动小臂，敬礼！为了你我自豪，突然就伤悲。离开，疼痛无以复加。

　　我和我追逐的梦擦肩而过，永远也不会重逢。既然选择逃避，就安心做个宅男。你并没有什么了不起，看清自己，再多的躁动和不安也会在蓝天白云飘动出的清风里淹没，你痴痴地看着飞翔的白鸽，鸽哨里载着些许希望和动听的旋律，由远及近，由近及远，无忧无虑，自由自在，你突然会有一种冲动，一起飞，给自己希望。

「 每 个 小 小 心 愿
可 以 慢 慢 实 现 」

一

平淡的生活，平淡的日子，淡得出奇，如没加盐的菜，提不起滋味，时光斗转星移，四十而五十。10年，最值得庆幸和炫耀的是，我在父母身边，他们称我孝子。我没机会报效祖国，但所幸的是我报答了父母。爸走了，妈躺在医院的床上，良好的医疗条件，可生存质量并不高，都不再能用语言沟通，一种借助医疗条件完成的生命延续，却给我极大的精神支撑。开始满足在家与医院、医院与单位、单位与家之间奔波；在发病、抢救、平稳中经历生与死的感悟，每一次都激动万分，悲喜交加。

父母太出色，他们在事业上的成就，孩子们不及半分，甚至在生与死的转换面前他们都异常坚强。孩子们叫他们"董命大""于坚强"，那个美好的愿望便在他们的生命里不断创造着奇迹。尽管我知道人不会长生不老，但是身为儿女，依旧希翼多一天就好，再多一天更好，能多多少天就多多少天。

这些年，我一直陪在他们身边，这是我的福分，哪怕没时间旅游，哪怕短短的周末也要分一半给他们，哪怕累了倦了，也都要打起精神去医院看看，明知道，对基本处于植物人状态的他们，这些爱，微不足道，他们也根本不知晓，但只要去了，就放心，不去，心就放不下。他们在，有悲伤也有喜悦，他们不在，连悲伤都带走了。所以，祈祷上天，让所有的老人都平安健康富足地活着，他们的爱，无法代替，他们所给予的精神支撑无法代替，有他们，就有家，没有他们，家在哪里？子欲养而亲不在，要尽孝请趁早，不留遗憾。

二

这么些年，照顾父母的闲暇时间，断断续续地会写点小心情，小感悟，有些还形成了叫作"文字"的那种东西。头一次在报刊登稿，源自于一个非文学网站的群，那天。张扬着自己刚写的《茶之感悟》给人看，万没想到正好有个报刊编辑也在这里，她问我是否愿意发表这篇文字，我当时被震呆了，天上真的会掉馅饼吗？掉下的馅饼

真的就砸着我了吗？从此，偶尔会在报刊、杂志露脸，由此，便有
了这个小小的爱好，有一份可以期待的小惊喜，常常乐此不疲，并
开始在部分文学网站小有名气。

2010 年以后，随着老妈脑萎缩加剧，把老妈接到家里照料，写
文字和看书这件事便搁置了 4 年。老妈长期住院雇人护理后，这点
小爱好便重新被点燃，又一次文思爆发，这一年多的时间里加入了
中国林业作家协会、中国散文家协会、沈阳市作家协会，先后有
三四十篇文字见诸报端及自媒体发布平台，多篇文字入选《花儿朵
朵》《岁月静美》《时间煮雨》丛书，主编《岁月静美》散文精选集。
先后获得了"盛京文学散文奖""登沙河杯"短篇小说二等奖，"贵
州全国法治文化大赛"二等奖，"中华情全国诗歌散文联赛"金奖，"光
辉历程，建党 95 周年"最美美文奖。在此，感谢盛京文学网、东北
文学网、热土、辽河、辽宁作家、《唐山文学》、《青岛早报》、《沈阳
日报》、《晚晴报》、《辽宁作家》、《科学养生》、《西楚文艺》、《中国
乡土文学》、中国华侨出版社以及微信自媒体《石头传媒》、《苍耳有
花开》的各位老师，感谢中国华侨出版社的编辑老师，你们的鼓励
和关照给了我莫大的鼓舞，让我在文字的路上开心地走下去。

也有很多时候我会问自己，写作到底为什么？一种爱好吗？一种
小谈资吗？为了一种虚荣心的满足吗？还是想写出点真东西，成名成
家？想想，好像什么都是又什么都不是。小打小闹，赚点稿费太可怜，

这年纪了，才想成名成家有点天方夜谭。所以，就当个玩儿吧，开心自己也许还会和别人一起感悟，够了，足够了，别无他求。

从办公室往下望去，会看见鱼池，有绿树红花环绕，池塘里养着些红的、黄的、黑的、白底儿红点的金鱼，养着些蓝天白云，鱼儿便在水里，在蓝天白云里穿梭、嬉戏，自由自在，无忧无虑，想怎么玩儿就怎么玩儿。我想写文章就应该像这样吧，把你想的写出来就好，漫无边际也好，引申含蓄也好，与大家分享能打动人心更好。很多时候，文字犹如自己喝茶，好茶高攀不起，老百姓喝茶，讲究实在，合口味，够清爽，一饮而尽。文字也是如此，干净，简练，一看就懂，看了感动，行了！这文字就不错，我喜欢写这样的东西。如果，我还坚持继续写下去，能写出更好的文，我愿意写出让大家开心的东西。很多时候，会想：人，有一种爱好真好，它可以让你有所事事，不至于让一颗孤单寂寞的心沉沦，你伤感，它陪你流泪，你开心，它伴你欢笑，像一个老友，聆听你的述说，不吵也不闹，多么美好！

任时光飞逝，我祈祷明天，每个小小心愿可以慢慢实现。

三

你来的时候，红领章绿军装，显得英姿飒爽。只是那时候，是我人生中最黑暗的日子，身体和精神同时病入膏肓。那时候，我的耳边经常唱起的是"当所有的人离开我的时候，你劝我要耐心等候，并且陪我度过生命中最长的寒冬，如此地宽容"。

你的一句"你是男子汉，要像男人一样活着！"给了我无尽的动力，让我振奋，让我觉醒，从此不再向疾病低头，一切突然变得美好起来。

经历了那么些年的风风雨雨，尽管不时会有些小矛盾、小疙瘩，但因为有你的宽容和担当，那些年你推过的我的父母，那些年你照顾过的我和我的家，都令我感动与感恩，让我们一直在一起，在一起，不分开。

单位里也有些朋友，三五成群，常在一起相聚，性格秉性各异，善良，友爱，相互能理解沟通，让我们走在一起。他们是我的另一种精神支撑，累了，倦了，迷茫了，生气了，总有人帮你解忧，帮你出主意，帮你灭火。看到他们，就想起以往的战友，亲切，这个词便牢牢地已在脑子里，像是烙印，不离也不弃。感谢你们的生日祝福，愿这个夏天开满友爱的鲜花；感谢你们的一路相伴，愿你们的人生永远拥有孩子般的笑容；感谢你们的不离不弃，因为你们，我的生命不再寂寞；感谢我的父母及家人，你们用爱交给了我爱，我也会用爱报答你们，相伴相依。

听赵传在唱：

看人生匆匆，
愿我们同享光荣，
愿我们的梦永不落空，
请你为我再将双手舞动，
就让我们把爱留在心中，
也许有一天我老得不能唱也走不动，
我也将为你献上最真挚的笑容。

感谢你，与我患难与共，
感谢天，我的心有你能懂，
感谢在泪光中，你我还拥有笑容。

「 所 有 美 好

在 空 中 飞 扬 」

　　一片片浮萍上花儿浓烈地开着，蜻蜓在荷花边辗转腾挪，有鸟儿鸣唱的地方也有清甜的空气畅流。小溪从哪里来，绕过青石百转千回还是向前，向一望无际的尽头奔流；小草破石而出，倔强地伸展压迫成弓形的身躯，再难，也会铺就一地炫彩馥郁的花朵；一声鸣叫后的云雀飞向天空，空谷寂寥，无人喝彩，却成就了美妙的回声；一声婴儿的啼鸣，呱呱坠地，就没有轻易回去的理由，所谓风雨兼程，所谓彩虹当空，你都有理由，不回头！

　　你看到的那天那海那地，你听过的那风那雨那涛，你经过的浅滩暗流波折，你遇到的高山流水知音和你开心时放肆的喊叫以及伤感时低泣的唏嘘，它们都将陪你一生，不回头！

　　你兴奋你骄傲你幸福，它们会激励你乘风前行，永无止境；你失落你悲伤你无奈，它们会抚慰你静心平和再挂风帆。其实幸福只是你内心最低的美好状态，平平淡淡是幸福，轰轰烈烈也是幸福。老槐树下，夕阳西下，一杯老酒，伴星而坐，与月对酌，听蝉声悦耳，闻香花醉心，是幸福；霓虹闪烁，红酒咖啡，对五彩斑斓，有琴曲飞扬，醉卧梦乡，也是一种销魂。

　　你付出的你得到，叫幸福和美好；你付出多得到少，你依然拥有幸福和美好，只是我们要用我们的心去调节它，放大那些我们拥有的幸福和美好，看淡那些无奈和感伤。那样，即便缺少物质的我们拥有的只是小美好，但是因了我们的心变得强大而纯净，我们会从"一篙一橹一孤舟，一个渔翁一钓钩"中体会到那些霓虹灯下体会不到的纯天然的宁静和美好，悠悠然忘我，淡淡然自由，不亦乐乎？

　　昨夜闲雨来袭，灯下眼倦，挪步客室，正雨声滴答，开着窗，靠坐藤椅上，却浮现采荷江南，轻雾笼烟，白练飘舞，有荷花正红，鱼戏兴浓，鱼戏莲叶东，鱼戏莲叶南，鱼戏莲叶西，鱼戏莲叶北……这又是一种怎样的自由无忧、美好和幸福。

　　醒来已是天晴，一缕晨曦抹在脸上，似有丝润，有花雀绕窗，被我惊到，扑棱棱地飞去了。起身，甜茶入口，清爽立时遍布周身，便突地也想像鸟儿一样飞翔了……

「 野 菜 花 开 」

打开窗，从窗口往下望，目光就落到了踏实又柔软的草地上，黄的、白的野菜花便开始在我眼前舞蹈。会齐了挖野菜的小伙伴，挥动着小铲、吆喝着奔向大地，惊飞了唱歌的鸟、吓坏了吃草的羊，它们也"扑棱棱""咩咩咩"地跟着乱跑、乱叫，绿地里立刻喧嚣起一片欢笑。

东北大地的野菜主要以苣荬菜、苦菜和蒲公英为主，而苣荬菜又是野菜里的精品。记忆里苣荬菜多于春夏之交生长在田间地头和果树园里，在城市只有大片空旷的地里才能觅到它的踪影。人们大都待它根茎长到与绿豆芽粗细长短相仿、伸出五六片绿芽时开始采食。此时的苣荬菜茎脆叶嫩，苦香适中，滋味也最是地道。乡下人劳作了一天，回到家里早已饥肠辘辘，到了饭口，没那么多讲究，一大盘子苣荬菜蘸着浓香袭人的农家大酱，就着馒头、大饼，大快朵颐、狼吞虎咽起来。对于城里人来讲，苣荬菜虽然不算是稀罕物，却也不好淘换（北方话：不好弄到的意思），在农贸市场也是偶尔才能碰到。买到家里，一般先要用清水冲洗、择去根须，然后在水里再泡上一段时间，方才放心食用。食用的时候，也不只是蘸酱食用，也有把加了肉馅和鸡蛋做成的油汪汪的炸酱，均匀地抹在煎饼上，上面再撒上苣荬菜，卷起来吃的。一口下去，满嘴流油，清爽在口，手有余香。小孩子常常是一边吃一边玩，油了嘴油了手也不冲洗，趁大人不注意，用袖子一抹，就又跑出去玩了。

苦菜和蒲公英味道比苣荬菜就差了些，苦味也重，吃法大都是蘸酱就饭。不过我们同院也有位在东北居住了多年的四川阿姨，她把苦菜、蒲公英放到泡菜坛子里腌制，每次食用，从泡菜坛子里捞出翠绿碧透的野菜，再淋上些红红的辣椒油，看上去红绿相间，吃一口苦辣酸甜，又是一番滋味。

最难忘的是蒲公英成熟的季节，一颗颗种子织成一把把小伞，孩子们举着蒲公英一边跑一边用嘴轻轻地吹着，只刹那间满天都成了"伞兵"的天下。这时的男孩子们往往以手代枪，做向天射击的动作，口中"啪啪"地模仿着枪声；女孩子们则用力鼓起嘴巴使劲儿地向上吹，不让"小伞"落地。

"我是一颗蒲公英的种子，谁也不知道我的快乐和悲伤，爸爸妈妈给我一把小伞，让我在广阔的天地里飞翔，飞翔！"那边，一名女生唱起了童谣，清脆甜美的嗓音在空旷的田野里随风飘荡，动听入耳。男孩子们停止了"射击"，侧耳倾听；女孩们则随声哼唱："小伞，小伞，带着我飞翔飞翔飞翔，飞翔……"那样的童声里充满了纯真、快乐，那是个阳光灿烂的日子。

在东北，野菜一般从 4 月份发芽开始，一直能存活到冬季光临，而且期间又几多花开花落，孕育出无限生机；野菜皮实，耐暑寒，抗旱涝，无论什么样的艰苦环境都能开花结种，显示出勃勃的生机；野菜味苦，却大都有清热解毒、消肿散结、利湿消炎之功效，常被中医用于治疗咽喉肿痛、胃炎、肾炎。野菜药用价值会令人想起良药苦口，食用让人备感苦尽甜来，回味无穷。

现代人应酬颇多，厌倦鱼虾肉蛋之时，餐桌上来一道野菜蘸酱总能使人顿感满目春色、赏心悦目、胃口大开。食罢野菜即会口舌生津，精神为之一振，并由内而外地产生一种不可名状的畅快之感。

而对于我来说，更是常常怀念起孩提的欢乐时光，那烟雨朦胧的村庄，弯弯的小河，袅袅的炊烟，阵阵的花香，绿柳才黄的晨雾里"哎啰"一声的渔歌，眼前一个扎着小辫子的女孩唱着不老的歌谣……

「河虾飘香的
日子」

那是刚刚开始搞个体经营的时候，沈阳的大街小巷一夜之间出现了不少卖河虾的小商小贩。随着他们的到来，河虾香遍了奉天城的大街小巷，我家里也多了这么一盘美味佳肴。

这河虾和现在大家经常食用的虾皮儿大小形状相似，鲜活的河虾呈灰白的半透明状，食用加工后变成了红白相间的颜色。河虾买回后，用水略做清洗，再加上葱丝、姜丝、辣椒丝一同倒入油锅中爆炒。伴着"嗞啦"的翻炒声，鲜香辣混合成的独特香味立即扑面而来，什么叫"美"、什么叫"好"、什么叫"馋"一股脑儿地刺激着嗅觉器官，用鼻子一闻，口水就没出息地流了一嘴，啥也挡不住；用嘴一尝，味美汁浓，入口即化，还来不及回味，"吸溜"一下就从嘴中掉到肚里。我实在控制不住自己，总是利用端菜的机会，以先吃为快的方式来充实自己的腹饥——照准盘尖就是一大口，然后抓紧擦嘴，抚平盘尖，像没人吃过一样地端上去。可这小把戏却多次被大人们发现，因为在我的嘴边和鼻尖不时地出现河虾的残余分子。

虾上桌了，温一壶小酒，一边听着收音机播放的京剧、评书，一边吃着、喝着，幸福的感觉暖融融地弥漫了全身。老爸到了这时候常常跷起二郎腿、半眯着眼睛、用手指和着京韵的节拍在饭桌上有板有眼地敲着，听到动情处"哧溜"一口酒，"吧嗒"一口虾，猛一仰脖，心满意足地说了声："真舒服啊！"

于是，那段时间里，"吃河虾、听京戏、喝小酒"被老少爷们儿认为是世界上最最惬意、最最享受、最最幸福的事情。

享受总是要付出一点点代价的，我当时就多了一项放学后排队买河虾的任务。卖河虾的"老伯"年龄也就40上下，但生活的艰辛早已为他披染上60岁的风霜。"老伯"和我们印象里的那种吃苦耐劳、脸部皱纹成"河"、手脚干裂成"锉"的农民形象没什么不同：肥大的"中山蓝"的棉袄棉裤，在膝盖、肩头、袖口都打有补丁；裤腰一抿、布带一勒就算系住了棉裤，为了防止裤带掉落，总是时不时地趁人不注意时，迅速做用手往上提的动作；寒冬腊月，棉袄透风，便在棉袄的外面，腰部以上也扎着一根麻绳，以防风寒；一顶又脏又破的棉帽耷拉着帽耳，"呼扇呼扇"出几分忍俊不禁的搞笑。唯独一双晶亮的眼睛，显示出敏锐的精明。

起初，"老伯"卖虾"抠门儿"得紧，不多也不少，甚至连一小撮虾也不多给。那意思像是告诉大家：我的秤是公正的，咱城乡之间谁也别占谁便宜。只是一次意外改变了"老伯"的这种观念。一天"老伯"不知怎么弄丢了两元钱，那时的两元钱可是城里普通人家七八天的生活费用，在农村就更金贵了。他心疼，一边卖货，怎大个人就不由自主地哭了起来，还说"回去没法和老婆孩子交代"。大伙儿一听都觉得他可怜，就几分几角地帮他凑了一元多，把"老伯"感动得更厉害了，一个劲儿地给大伙儿作揖。

从此以后，再见到"老伯"，他木讷、古板的脸上也有了笑容，谁要是问他城里人好不好，他就先把嘴向两边张到最大，定型，然后再说："那当然了，城里人素质就是高！不过俺们农民也不差！"和大伙儿熟悉了，他常常在"平秤"以后，再给大家"添秤"，以示友好。而且话也多了起来，抽空儿也不忘介绍乡下"青山、绿水、独木桥，遍地鱼虾及秧苗"的美好，和"老婆孩子热炕头、篱笆小院一树桃"的滋润，讲着讲着，脸上桃花朵朵开……

如今，我在五光十色的空间里咀嚼着荏苒光阴，竟然又再次清晰地品味出了从前时光的美好，猛然发觉：即使在最艰难的日子里，人们依然能找到属于自己的快乐和幸福，并以此支撑着羸弱的身躯，乐观又顽强地活着。

我怀念那段日子——河虾飘香的时候。

「 孩 提 时 代 的
饕 餮 大 餐 」

　　孩提时代，生活物资很匮乏，很多东西要凭票供应。我和同学自然嘴馋，经常把各自家里好吃的东西拿来凑在一起，进行"会餐"。一次，有同学提议：今后每月举行一次聚会，大家轮流，自己动手，用自家的东西做超豪华午餐，而我荣幸地获得了第一次聚餐的"主办权"。

　　母亲听说了这件事，知道我要亲自动手做饭，非常高兴，特批我可以摘自家种的菜，还给了我香油、白糖加两个鸡蛋（这可是那个年代的紧俏商品），饕餮大餐即将上演，冒牌大厨闪亮登场。

　　那天早上，我先是在自家的园子里摘了3根带刺的黄瓜、5根紫得发亮的茄子、4个红彤彤的西红柿，又扯了些辣椒、香菜和水灵灵的小葱，然后，跑到旁边部队汽车队的菜地里，拔了几墩小土豆，赶在车队管理员出现之前，风也似的往家跑。没跑出多远，后面就传来"站住，小崽子，被我抓到整死你！"的喊声。我心里暗笑：嘿嘿，你抓不着！

"大厨"上灶了。小辣椒、小葱、黄瓜、香菜切好，倒上酱油、味素、白醋，胡乱地和在一起，"青青白白"搞定，满屋子酸甜香辣气味弥漫，香！蒸的半生不熟的小土豆、茄子，撒些葱丝、辣椒丝、蒜末，再浇上我炸的鸡蛋酱，"素三鲜"隆重出锅，拌好了我先"吧唧"几口，嗯，还行！凉水中捞出西红柿，切成莲花瓣，倒白糖些许，水淋淋的西红柿，白里透红，只看一眼，就从嗓子眼儿里心底里透着凉快，爽！我"转战"到屋外，捡了4块砖头，做了个"口"字型的简易炉灶，里面放些树枝、树叶并用火点着，待烧成炭火后，扔进去七八个小土豆，又完成了一道大菜。

接近中午，屋外有人大声嚷嚷："快点上菜，肚子都饿瘪了！""真要命，还没做完？为了这顿饭昨天晚上我就没吃。"

看到哥几个都到齐了，我连忙将鸡蛋在滚开的水里打碎，成蛋花状后，放入瓜片儿、西红柿，稍稍加热，便倒入事先放好葱花、香菜末的大碗中，加上盐和味精。最后，又拿出香油瓶，用一根筷子伸入香油瓶里，迅速拔出，在汤里点了几滴。看到那油滴一下子在汤面铺开，变成无数小金珠时，心都一下子清朗起来。我舍不得沾在筷子上的香油，"哧溜哧溜"地用嘴把筷子上的香油舔尽，大喊一声："鲜啊！"

"开饭喽！"我把汤往桌子上一放，再看这汤，绿的青翠、红的夺目、黄的娇嫩，清香扑鼻，真是令人垂涎欲滴。大家"哇"地赞了我一声，然后不再理我，开始"埋头苦干、各个击破"——简直是一桌馋虫！

王梅顾不得女孩的矜持，也不管汤热，迅速地消灭了一小碗，把脸憋得通红。汤还没完全咽进肚里，她就鼓着腮帮子，把碗递给我，呜噜呜噜地说："伙计，再来一碗！"叶明跑到我家园子里揪了几个白菜帮，洗洗，盛了点米饭拌上"素三鲜"，张开"血盆大口"，吃起自己加工的菜叶饭包。吃完，还不过瘾，用手抹了抹嘴，再用舌头顺着中指一拨，把仅有的一点油星都吸到了嘴里。张光辉喜欢吃辣，正一边扇着被辣着的舌头，一边"咝咝啦啦"地大吃"青青白白"。可能是辣椒太辣，只一会儿，这哥们就被辣得"咯咯"地打嗝，豆大的汗珠一下子就流了满脸，止都止不住，看那劲头，都有点呼吸困难了。大家吓坏了，连忙给他捶背敲肩，忙活了好一阵儿，他才缓过气来。大家长长松了一口气，就又低头大嚼，屋内"吧唧"声声。

　　我看大家吃得高兴，心里十二分受用。吃了几块爽心爽肺的糖拌西红柿，又走到屋外，端回了烤土豆。大家一看，不由分说又是一顿疯抢。叶明被土豆烫得拿不住，一边跺着脚，一边把土豆放在手里颠来颠去。有人使"坏"，故意碰了叶明一下，那土豆"滴溜溜"地就滚在了地上，他也不在乎，捡起来，用手扑扑上面的灰，也不剥皮，"吭哧"就是一口。嘴里还"呜噜呜噜"地叨咕着：看你还跑！大伙起哄地问："这是什么菜啊？"我看了看叶明说：这叫"烫手白薯"！大家一阵哄笑。

　　20多年过去了，觥筹交错中，人越发空虚，无数的美味佳肴，依然让我忘不掉儿时那顿饭带给我的快乐。又是一年春花秋月，我曾经历过的美好——孩提时代的那次盛宴，什么时候，可以重来？

「屋顶上的
猫雀」

一场雨刚过，一只黑白相间的花猫敏捷地蹿到房顶，他抬头看了眼新出炉的骄阳和许久不见的彩虹，异常兴奋，"喵喵"叫了两声，然后很流畅地打了个喷嚏，关在屋子里一天的郁闷和潮气被喷洒得一干二净。

"舒服啊！"花猫伸了个懒腰，嗅了嗅雨后青草的清香和空气里如醉的气息，"嗯！傍晚的空气真好，吃饱吃好睡倒！"他挺了挺腰杆，轻轻地跨过房梁，迈着方步，在丝瓜花、葡萄秧里穿梭巡视，那意思在说：我的领地我做主。

雀妈妈带着小雀在屋檐上舞蹈，她刚从菜地里带回两只小虫，用嘴嚓着喂给孩子。小雀"喳喳"地欢叫撒娇，还有点责备母亲没早点送来晚餐。

雀妈妈没吃，看着狼吞虎咽的孩子，听着孩子满足的低唱，她欣慰地蹦来蹦去，偶尔还欢喜地用翅膀轻拍着孩子。"孩子慢慢长大了，马上就可以自己飞了，可又该离开自己了，孩子啊，以后的路可要靠你自己走了，过些日子，妈妈可就管不了你了。"雀妈妈想着想着有点心酸。

她还想到了孩子出生落地的时候，雀爸爸就离开了家，留下自己又当妈又当爹，有时出去觅食，还会被别的雀欺负了……"唉，马上就好了，太阳都出来了！"雀妈妈抬起头，快速地擦掉眼泪。

"妈妈，妈妈，你怎么哭了，你别哭，我再不惹你生气了，等我能飞了，我会抓好多好多小虫子给妈妈吃！"

"好孩子。"雀妈妈紧紧搂着小麻雀，有些哽咽。

花猫敏锐地察觉到空气中的异样，他紧了紧鼻子，"没错，麻雀！美味！"花猫在心里"嘿嘿"两声，蹑手蹑脚地向麻雀母女俩靠拢。花猫很得意父母给的爪子，每个爪子下面都有厚厚的肉垫子，这使得他能轻易接近猎物而不发出半点声音。

15 米、10 米、5 米，冲刺！花猫"腾"地扑向目标。他用后面的两只脚做支撑，左手伸向母雀，右手伸向小雀。

许是雨天过滑，花猫虽赶跑了母雀，却并没如愿以偿抓住小雀，那只爪子在距离小雀不到一厘米的地方无奈地停了下来。小雀受惊，一蹦，跃回屋檐。

屋檐细小，花猫过不去了，他有些气急败坏，声嘶力竭地喊叫着，试图吓死小雀。

雀妈妈也着急地在空中盘旋，在她看来小雀今天是凶多吉少了，因为她知道，小雀在屋檐上是坚持不了多久的，她还不会飞，只要落到地面，就会成为花猫的饱腹美餐。

如雀妈妈所料，小雀在花猫的威慑下，腿不停地颤抖，看着花猫一步步地逼近，小雀终于崩溃了，一个不小心，便竖直地掉落在地上。

花猫得意地"嗷"了一声，只见他腾挪穿越、身如闪电、沿着屋脊、顺着雨搭、跳下矮墙，几个箭步冲向小雀，一把把小雀按住。小雀在猫爪下发出阵阵哀鸣，浑身颤抖如筛糠，喊着"妈妈救我！"

花猫则一只爪按住猎物，另一只爪伸向天空，以警告准备过来救援的母雀：你来你也死！

母雀顾不了那么多了，她一会儿东一会儿西吸引着花猫的注意，试图在运动中干扰花猫伺机救回孩子。突然，她一个俯冲，用嘴刺向花猫的眼睛，由于速度太快，花猫来不及躲闪，疼得撒开了小雀，又扑向母雀。"孩子快跑！孩子快飞！"母雀一边和花猫周旋着，一边大喊。

小雀从突变中惊醒过来，她先是蹦了几蹦，又使劲地学着母亲的样子扑扇起翅膀，起飞、落下；落下、起飞。"快啊快啊，使劲儿孩子！"母雀发疯般地喊叫，为孩子加油。

花猫发觉上当，翻身又扑向小雀。扑空，差一点抓住小雀！再扑，抓住了几根小雀的羽毛！花猫屏住呼吸，躬腿、缩腰、收腹、前扑，他的爪子已经触摸到了小雀的细腿。

"啊！"随着雀妈妈一声惊呼，小雀歪歪斜斜地飞了起来，她飞过墙头，飞过房梁，返回屋檐，连她自己在惊吓之余也忍不住夸赞着自己"赞赞！赞赞！"她也没忘了回头对花猫挑衅地调侃："你上来啊！你上来啊！咱俩再大战五百回合！"

花猫望着已经能飞了的小雀，低着头气急败坏地喊叫着，叫声中夹杂着母雀的声音，但那是喜极而泣的声音。

猫雀相斗时，我一直在观瞧，或许我可以吓唬下花猫，就解了这个围。可我没有，因为我知道，我救了这次，救不了下一次；救了一只，救不了一群。自然有它们自己的生存法则，优胜劣汰，适者生存。

下一次的猫雀相斗不久后也许还会发生，雀儿们可不能凭着一次侥幸就可以认为万事大吉，雀儿想要彻底改变这种状态就只有努力进化得更灵、更快、更强！

很多时候，残酷的生存环境促成了物种的进化，人亦如此。

「 那 年 菜 事 儿 」

我小时候，蔬菜是要集中购买的，购买之前，先要经过登记购买数量、核对家庭人口、发放购买票等烦琐过程。

1976 年冬天的一个下午，我们没课，正在一位同学家玩，他父亲跑回来说，通知买冬菜了。我回家拿起麻袋就往军人服务社跑。到了服务社，已经有人在门口等候。3 点钟的时候，付菜的窗口大开，我身后已经形成了二三十人的队伍。不知谁说了句："大家快点买，听说今年取消集体供应了，这次买不上，就得自己到农村去买！"大伙一听蜂拥而上，一起往前挤。这下我可倒霉了，我个子小，大家一拥，正好把我的脖子卡在了窗口的木板上，差点没把我弄背过气去。我拼了小命地用胳膊支撑着木板，感觉胳膊都要被挤断了。"救命啊！"我急中生智，大喊一声。

"都别挤了！看给孩子挤成什么样了？你们还像个大人吗？谁再挤就不卖给谁！"买菜的阿姨一声大喊，才算把大家镇住。

好不容易排到我了，我一看，原来50斤的雪里蕻有一麻袋，都快赶上我的个儿高了。这可咋办？找人？大家都忙着买菜，谁能帮我啊？爸妈都在上班，也通知不到。望着一麻袋雪里蕻，我有点着急……

可我转念一想：虽然没人帮我，但我要是这时候把雪里蕻扛回家，一定会受到父母的表扬，那该多自豪啊！再加上那天刚看完了一本介绍英雄事迹的小说，我心里充满了革命豪情。对，下定决心，不怕牺牲，排除万难，去争取胜利。于是我找人帮助把麻袋放到我肩上，一步一瘸地往家走。100多米的路啊，平时一会儿就到，可是今天却怎么也走不到头。路上很多叔叔阿姨看到我吃力的样子，都说帮我拿回家，我谢绝了他们的好意——"我才不能在困难面前当逃兵呢！"我心想，如果是雷锋叔叔遇到困难会轻易放弃吗？不能，绝对不能！我也要向他们学习，去克服困难，去争取胜利……

我咬紧牙关，小脸憋得通红，一边唱着《团结就是力量》，一边雄赳赳、慢腾腾地往家挪，走到离家还有十几米的地方，我实在是坚持不住了，就连拖带拉地把菜弄回了家。回家一看，坏了！麻袋磨坏了个口子，还有几棵菜被磨烂了。麻烦了，老爸回家会不会抽我啊？我多少有点忐忑不安。

　　爸还在回家的路上，就听到很多人夸我"人小鬼大，自己把菜弄回家了"，很高兴，回家就把我抱了起来，还用胡子茬儿扎我，把我弄得痒痒的。爸说我懂事了，不但没收拾我，反而鼓励说："有点男孩样了，遇到困难，就得自己努力去克服！爸去给你做红烧肉，奖励你一下！"

　　回忆起来，小时候的想法似乎很"傻"，但我的举动，也确实是当时大多数孩子们想努力做到的。新中国成立以后的最初几年，整个社会虽然物质匮乏，但从不缺少精神力量；那时的家长也从不溺爱孩子，而是鼓励孩子们多到社会上去闯，去锻炼自己的能力，这一点也值得我们现在的家长加以借鉴。

「 打 雪 仗 」

那只雪球带着风、带着雪、带着速度和力度从我鼻尖飞过的时候，我都来不及反应，它奔向我来却偏离了方向，直接打碎了我背后的一块玻璃。"惹祸了！"随着一声喊，小伙伴们儿一哄而散，打坏玻璃的孩子孤零零地站在院中，接下来就是等着大人的呵斥，然后认错，再重新安装玻璃。

小时候，虽然物质匮乏，但几乎家家都会备着几块玻璃，即便是没有整块的，把大小两块玻璃整齐地拼凑到一起，再多钉上些"牛皮钉"固定住，不虚脱，虽不美观，但也马马虎虎过得去。那时节，玻璃的作用不是为了美观，·而是为了取暖，采光和遮风挡雨的；那时节，调皮的孩子多，但大都很诚实，做错了事情，会老老实实地承认错误；那时节，虽然玻璃也是紧俏商品，但大人们大都心大，对孩子惹的"祸"睁一眼闭一眼，不会没完没了地追究，就算是没人出来认错，也就是嘟嘟囔囔嚷嚷几句，自己拿出玻璃钉上。

孩子们得到了大人的原谅，一窝蜂地跑了回来，凑玻璃，凑钉子，然后手忙脚乱地帮着大人把窗户重新安好，再一溜烟儿地散开，接着打雪仗。

我们那个时代，打雪仗可是最时髦的趣味健身活动。正规一点的规则是：自愿分为两拨儿，双方在划定好的场地上堆积好雪人，哪一方先抢到对方雪人上插着的小红旗或是笤帚疙瘩，哪一方就算赢了。而更多的时候，打雪仗则是随着雪花越来越大，在学校操场、放学路上，随机进行的。开始可能只是两个小伙伴之间，而后就有小伙伴的小伙伴们陆续加入进来，甚至是小伙伴的整个班级加入进来。他们叫着、闹着，有的是两个人互打，有的是被围攻，有的被雪球打在身上，有的被人把雪球塞进脖子里，还有的来不及握雪团，哈下腰，抄起一把雪扬在对方的脸上……操场上、马路上到处飞舞着一个个雪团，到处跳动着一颗颗青春的心，欢声笑语在银白的世界中定格。

打雪仗"打"出了男孩的阳刚，也"晒"出了女孩内心里坚强的一面，很少有孩子因为打雪仗发生的磕磕碰碰去找老师、找家长告状。玩累了，大家就一屁股坐在雪地上歇着；渴了，抓起一把雪就塞进嘴里。吃雪花的孩子身体是皮实的，即便有些感冒发烧，挺一挺就过去了；吃雪花的孩子，心灵是单纯的，单纯到心里只想着长大为祖国做些什么。

我怀念那时候的雪，在银白的世界里漫天铺撒着的纯洁的精灵。

「 一 碗 红 豆 沙 的
幸 福 」

　　妈从兜里掏出花花绿绿的票子和粮食本的时候，我把眼睛瞪成了灯笼状。妈刚说完，去到粮站把红豆买回来，我已经一把从她老人家手里抢过钱，一溜烟儿地蹿出去了。妈在后面叮嘱：小心车！别忘了买白糖！那声音迅速从我身后超过我，随着我大喊一声"知道了"，又绕回老妈身边，妈这才放心地转身回屋做家务。

　　买回来的红豆，按规矩还必须先泡上半天，把豆子沤软一些，再上高压锅加压、煮熟。妈说这样压好的豆子又黏又软又面，容易做成豆沙。

　　把豆子煮熟最多只要 15 分钟，可对一个馋嘴的孩子来讲，就像过了好几年。从豆子进锅到气阀吹动起来，我要来回跑好几次厨房。一会儿琢磨着：是不是火小了？不然怎么锅还不开啊？一会儿又在想：为什么不把豆子像小麦一样磨成面粉，那样的话，豆包不是好做多了吗？

待到气阀转动如飞，我的心也欢快得像跳动着的小兔子，急得问妈妈：到时间了吧？应该好了吧？不会糊了吧？有时还会问一些稀奇古怪的问题，比如："为什么气阀会转动呢？要是把我的'直升机'放到炉子上加热，会不会也能飞起来啊？"妈妈听了一边笑一边给我解答，然后也不忘了警惕地告诫我：千万别自己玩火！

红豆终于在我跳着脚的期盼中熟了，妈把它用纱布袋包好，用手又挤又压，细腻如沙的豆馅和着水被挤进一个大铝盆里，再经过两层纱布的过滤，豆沙才算做好。看着稀罕人的豆沙，妈也来了精神：添糖、和馅、包馅。20多个豆沙包在她手里左抱右拢、上揉下托，摆弄成"滴溜圆"，不大工夫便一气包成。只见老妈用围裙擦了擦手，拍掉手上的面粉，不无得意地大声宣布："齐活儿！"豆沙包这就大功告成了。我也没闲着，屁颠屁颠地把包好的豆沙包一个一个地放到笼屉上，也不嫌累。等到老妈把最后一个豆沙包也放好，盖好盖儿，我便双手叉腰，装做司令官一样把手一挥，大喊：开火！老妈忙不迭地笑着答了声：是！红扑扑的火苗"噌"地蹿了上来。

　　豆包开始蒸了，脑中想起妈常说的"心急吃不了热豆包"这话，确实很有道理。可小孩子性急，总是豆包刚做好，就迫不及待地不等凉透，"吭哧"就是一大口，结果不是把嘴烫破了皮，就是烫出了泡，难受得直咧嘴。每当到了这个时候，她老人家就会循循善诱地提醒说："遇事心急是要吃苦头的。"我有了被烫的经历，似懂非懂地点着头。

　　这间隙，妈会把粘在纱布上的豆馅小心细致地刮下来，放到凉水盆里"冰"一下再递给我；自己却把装红豆的纱布包放到另一个小盆里，倒上温水喝了下去。我傻眼了，愣愣地看着妈妈的举动，妈看着我疑惑的样子说："红豆汤里有很多营养，倒掉了可惜了，嗯，还是挺甜的嘛！"

　　我的喉咙有点发涩，好半天才反过劲儿来。我挖了一勺红豆沙，踮着脚递到妈妈的面前："妈，你也吃一口！"妈用手轻抚着我的脸说我懂事了。

　　这会儿豆包也熟了！刚刚揭开锅，浓香的气息就扑面而来。那些甜甜的、软软的、暖暖的香和着记忆伴在我身边，至今仍在我心头和脑海缠绕，挥之不去。那味美情浓的幸福，永生难忘。

「 雨 」

第二天有暴雨，杨姐正忙着发送防汛预警，老妈的电话第 5 次打进来。

"萍啊，你还能来不？"

"妈，我去，我不是刚和你说了好多遍，我忙着发防汛预警呢，你等我一会儿！"

"那我不管，我就想看你，看不着我就心慌，你快点来啊，妈想你了……"

杨姐的老妈 80 多岁了，人越老越觉得孤单，越想着儿女来看看自己，而且健忘，每天十几个电话"骚扰"杨姐，为的就是"看一眼""说说话"。可子女工作都忙，在单位的，哪能说走就走。

发完最后一个传真，电话铃响，她看了一眼，苦笑着跟我说：又是老妈，第 9 个电话了。

"你骗我，都这么久了，你还没来，我在马路边上等半天了。"

"妈，这大风天的，你快回家，一会儿没准儿还下雨，千万别感冒了，我马上就回去！"杨姐一听老太太在马路边上等她，一下子就蒙了，这么大年龄，不说一时糊涂走丢了，就是被自行车刮上也够呛啊。

"那行，你不能骗我了哈，等急了我还出去！"

"妈，我什么时候骗你了，我不是天天都去看你吗？"

"你天天都来了？我怎么想不起来了，对了，你还说领我去理发，你也没来啊……"

"我怎么没去啊，我不是昨天刚领你理发了，还带你吃的火锅。"

"是吗？我不知道，反正你快点来吧，我不能在屋子里待着了，憋闷死了，像个监狱，我出去等你了哈……"说完老太太就把电话撂下了。

杨姐急了，她看着我说："快快，用车把我送回家，老太太要往外跑。"我大致知道事情经过，跟着杨姐就往外走。杨姐虽着急但也没忘了请假，然后撒腿就带着我往楼下跑，一不小心崴了脚，一瘸一拐地继续跑。我跟着、看着有点动容……

亲情啊，让付出永远没有理由！

杨姐说小时候有一次下雨，她调皮跑出去玩，结果跑丢了，害怕了，怎么也找不到回家的路。当她听到妈妈用声嘶力竭的喊音叫她时，她一下子就觉得自己有救了，扑到妈的怀里，委屈地用小拳头不住地在妈妈身上打着。妈妈却没有埋怨，回到家里，妈妈烧了热水，给她洗澡、擦脸，妈妈看着她的大眼睛还一个劲儿地夸：咱家姑娘多漂亮啊，可不能被人捡了去！那妈妈会心疼死的。小杨听着听着就哭了，说，妈，以后我听话，再不自己往外跑了。等你老了，我也好好伺候你……

车行不久，很远就看到一个老人站在路边，大风带起了树叶打着旋儿地扑到了她的脸上，刮乱了她的头发，一张满是皱纹苍老的脸，凝神地看着马路对面，焦急地等待着。最为奇怪的是，三伏天，只有她穿着一身长衣外面还罩着夹克……

"我妈我妈我妈！"杨姐像发现新大陆一样，车还没完全停稳，就开门下车，也顾不得左右来往的车辆，向老妈跑去。

我看见杨姐紧紧地搂着老妈，不知说的什么，但能看出是在埋怨，似乎还有些责怪。可老太太却是一脸的开心，仰头看着杨姐在笑。在笑啊，一张天下最美的脸——母亲的脸。

天开始下起小雨了，朦胧了天，也模糊了我的眼，心，猛地一紧……

我，怎么哭了！

「 路 遇 牵 手 」

雪如期而至，飞舞如絮，云毡铺地，绵绵长长，纯白净心。在这样的雪中漫步，便有了几丝清爽，多了几分快意。

不由不想到诗："梅须逊雪三分白"里有雪的高贵气质；"独钓寒江雪"钓出几分雪的禅意；"梅花欢喜漫天雪"是浪漫主义者的情怀；"我寄白雪三千片，君报红豆应以双"里述说着爱的期盼和思念；而"北国风光，千里冰封，万里雪飘"里则彰显出雪的磅薄气势。这些穿越古今的诗词，想不想，它都在，给你温暖，给你清凉，令你振奋。雪，茫茫一片，荡涤心胸。

雪天里行走，总会遇见一些人，一些事和一个不经意间的感动。

在一片开阔的雪地上，书写着"等一场雪，与你牵手"的字句。看似一个简单的约定，却又如海誓山盟般珍贵。附近有一对恋人，欢笑着追逐，女孩不小心摔倒，男孩一边嗔怪，一边扶起女孩，一脸的爱怜，柔情似水，令人动容。

我毫不犹豫地认为，雪中书写的那句话与这时的场景，恍若天成，匹配无缝，是在为年轻的爱喝彩，是在为爱续写新的唯美诗篇。

然而，当我看到雪地里有位老者，用自制的冰车，在雪地里拉着小孙子费力地前行，脸上却挂满了疼爱的微笑时，我又认为雪中的那段话，是为舐犊之情写的；当我看到一对老夫妇，相互搀扶在冰雪小路上，我又笃定地认为，那是在为白头偕老点赞；而当我看到一位环卫工人滑倒后，立即引来众人的帮扶和关心时，"牵手"两个字的含义不再是单纯的恋情、亲情，它在我脑海里突然转换成两个字——大爱！

路遇牵手，满满都是爱。

「 曾 经 」

曾经如此酷爱你浓绿的色彩，似乎只有如此才能凸显张扬的活力。直到今天仍然想与你为伍，为了逝去的颜色，为了未能实现的愿望和不安，寻找一些慰藉。于是每当唱起军歌就泣不成声，每当看到军人就想念从前，而每次的战友聚会就是一次狂欢，一嗓子"干"，从炮筒子里爆发的声音，今夜，不醉不归！

依稀记起军营里那棵大树，从小到大。铁打的营盘，流水的兵，如今金黄的叶子缤纷飞舞，四海散落，像落下的帷幕。那些曾经的坚强的理想信念如今树冠般高不可攀，成愁。我走了，战友还在，好样的，你们肯定行。

曾经以为总是阳光一片，绿树成荫，晴空万里，风雨无阻，整个天都是晴朗无云。如今知道，再白的云也会聚合成雨，彩虹与风雨同在才是美丽人生。为此，我们学会了寂寞和等候，等下一次的云开日出。

曾经以为一树花开里总能找到我们的希冀，那些闻风而香的歌谣总有一首为我响起。于是，写满诗意的花香小径有人弹着吉他，唱着古老的篇章；有人读着一本以为明了，但其实后来才明白是一本穷尽一生也搞不懂的人生之书。那其中，有你也有我。

曾经有人说，好友如煦风扑面，有朋友海阔天空。慢慢地我们知道，朋友的意义并不在于表面上的热热闹闹，而只是在一杯茶，一段时光里，有人听你慢慢聊，那种无语的倾听，有宽怀一切的力量，让你平静，给你安慰。

「 那 一 抹
青 春 的 阳 光 」

多年前，我还在上初中，一天，我要买一套齐白石的新邮票，可差了 5 角钱，就拿出一册"盖销票"，希望到邮市里卖出去，能换来我想要的新邮票。

计划顺利，一会儿的工夫，就卖了 4 角钱，眼看大功告成了，这时一个和我年龄相仿的漂亮女孩走了过来，点名要买我的一匹徐悲鸿的"马"。那女孩梳着两个小辫子，齐齐留海搭在了眉梢，露出一双惹人怜爱大眼睛。她笑眯眯地看着我，像吹过一阵醉人的清风，令我心头一动；我也仿佛看到了一泓清澈的水，那样纯那样静，水中飘散着淡淡的青果的味道。

尽管我一眼就喜欢上了这女孩，但那张票我要卖2角钱，她却只有1角钱给我，我还是不想把邮票卖给她。看到我不愿意，她说："我只差这一张就把全套集全了，今天好不容易遇到了，差你1角钱，明天我一定给你送过来！"

我有点舍不得，当时的1角钱可以吃顿饭啊，我还真担心她不还给我。就在我犹豫的时候，我猛然看到了女孩胸前的团徽。共青团！这可是我那时候梦寐以求想加入的，它在我心里简直就是神圣、庄严、诚实、优秀的象征。她是团员，我还有什么不信任的，我不再迟疑，把邮票递了过去。

女孩高兴地走了，我一看离下午上学的时间还早，不如再卖一些"旧"票，留着以后买新邮票。就在这时，几个比我大不了几岁的半大小子走了过来，说是"看看邮票"，我就把邮册递了过去。

"别给他们，他们是小偷！"谁的一声喊，让我回了下头，就在我转身的工夫，那几个小子拿着我的邮册就跑，我在后面拼命地追。前面，一个女孩拦住了一名小偷，却被小偷推倒了！她马上又爬了起来，一把拽住了小偷的腿，这下，尽管小偷拼命地向前跑，甚至把女孩拉倒，可那女孩始终抱着小偷的腿不放，直到我和大家一拥而上，把小偷抓住。

　　我拉起还倒在地上的女孩，看到她膝盖都被小石子划伤了，脸上也有伤，心里特别难受，又不好意思表达，一边把手绢递给她，一边嗫嚅着说："真是太谢谢你了，刚刚你都走了，怎么又回来了？为什么帮我？不怕小偷吗？"。

　　女孩抬起头对我阳光地笑着说："我正好看到了同学，从他那里借了1角钱来还你，然后看到了那些小偷，就不由自主地喊了出来。"

　　"这算不了什么，我不怕小偷，好人是不怕坏人的。再说了，我也舍不得你的邮票被人偷跑，偷跑了，谁还卖给我便宜的邮票啊……"

　　再次见到女孩，她脸上的疤还没完全好，可依然挂着甜甜的笑容。她和我说：家要搬到外地，以后估计很难见到了，过来送我一本集邮册，留个纪念。我也慌忙抽出几套邮票送给她，她高兴地收下了。我当时心中有了一丝伤感和惆怅，那句鼓足勇气想说出口的、一句纯纯的"喜欢你！"在嘴边滑过，却变成了："你是团员啊，太羡慕你了！"

　　女孩歪着头笑着说："只要努力，你也可以！"说完，就朝我摆摆手走了。她转身的一刹那，我又看到了那枚团徽，它似一束阳光紧跟着她充满青春的身影，并在我眼中绽放出美丽的光环。

　　我至今还记得，那女孩紧抱住小偷时坚毅的表情以及她的那枚闪耀的团徽和女孩微笑时清澈似水的眼神。我喜欢那个女孩，她长得很美，但我觉得更美的是她无私、无惧的心灵以及那满腔的正气和勇敢的信念。

「 慢 慢 生 活 」

昨夜的一场雪，还没来得及融化就被早上急忙赶路的车辆压得结结实实，走在上面一步一步慢慢滑。眼前一位老人骑着车在雪面上来回地晃，晃得令人揪心，想上前扶住。他身后一辆小车缓缓地跟着，没有像许多毛愣的司机那样"嘀嘀嘀"地按出不耐烦的心情，是位有风度的人，这让我心生好感。

老人还是倒下了，在我快靠近他之前，人趴着，车轮转着，一地橙子。司机也下来和我一块儿扶起老人。老人第一句话就把我们逗乐了，他说，我作证不是你们撞的！着急看孙子啊，想孙子了！老人倒是开朗地笑着，却笑得我心酸。

望着老人离开的背影，我想说，恶劣天气，儿女们要关心老人，不要让老人单独行动；人生，没有太多的匆忙，开车时都要谨慎慢行。

就在上周，为了躲避一辆停在路边的面包车，车头越线，迎面行驶的轿车也置气般擦肩而过，结果越是想着省时间侥幸加速过去，却因为一场小刮碰耽搁了时间，还花了 100 元钱。他"赢"了，但是真的开心吗？而我原本没什么急事，如果我稍等几秒钟，慢下来，就会从容通过，但这个快节奏的社会带给我内心的焦躁和投机心在那一刻汇集成了我的冲动，而冲动就要被惩戒，要承担后果。

其实，我是可以慢下来的，其实，我们都可以慢下来不是吗？

我们为什么要焦虑？如今的中国，人们大都过着饮食无忧、工作不愁的生活。然而，我们仍被无休无止的欲望纠缠着、纠结着；我们好了想更好，更好更加好，更快更加强……

我们辛苦为了什么？不就是想让自己的生活从容些、舒适些吗？可现实呢……

是时候停下来了，让土地、海洋、天空、矿藏休养生息，子孙后代才能得到大自然的将养；是时候停下来了，多看些书，多旅游，多增长点见识，多研究思索如何完成人与自然、社会与人和谐发展

的道路，人们有理想、有信仰、有激情、有尊严地活着才是我们的
目标。而这个目标，我们即使在生活困乏时也曾实现过。

我有个梦想：路过多年后的一天，雪后初霁，我坐在饭桌前，
脚下还是我家那条小狗，它甩着那条稀罕死人的大尾巴摇来摇去地
在我脚下撒娇。早就没有了烧柴煤取暖，也不用电热，垃圾发热的
循环水让整间屋子暖和得像是初夏，即使在冬日里依然穿着衬衣衬
裤自在地行走。桌子边围拢着不少花花草草，处处弥漫着水仙花的
味道。那时的人们都很知足，也学会了慢生活，闲暇时，就这么听
着歌，看着书，食罢一觉睡，闲来一盏茶，白云逐日去，雪舞映月华，
友来一壶酒，欢颜聊共辉。想想都醉了……

这也许只是梦想，但有梦想就有希望，不是吗？

「 穿 过 绿 叶 的
窗 外 蓝 蓝 的 天 」

　　盯着窗台上那盆滴水观音看了半天，阳光偶尔照向绿叶上的水滴发出七彩的辉晕，有点炫。屋里烟雾缭绕，茶雾、暖气、空调风就是没有自然风，头有点晕，跑去把门开开，透透气。

　　重新回到我那窗前，继续看绿叶。我觉得我有点无聊，"无所事事"几个字一下子跳到脑子里。工作的转换带给自己很多不适应，由原来的忙人变成了闲人，心态由着急到适应，到麻木再到怀疑自己而惴惴不安。

　　其实再换个角度想，你要是把自己认为的无争无事、无欲无求的日子过成轻松悠然的工作和生活，那不正是很多人向往着的日子？

那些文字里云过听风，风来听雨，雨中听松，花香天涯的梦，不正在自己身上悄悄地实现着？父母待遇不错，可以无忧；老婆工作还行，可以无虑；有车有房，算不上富裕，也够得上小康。面对这些，你还求什么？还需要别人认可什么？没事偷着乐吧，干吗自寻烦恼，非要把自己弄成一副看似忧国忧民、自命不凡的样子，所以，得知足。想摆脱茫然其实也好办，立足现实，有时间多做点自己感兴趣的事，在自己的脑子里种点草、养点花，滋养下有点萎缩的脑细胞，让它们重新活跃起来，不亦乐乎？

一道光，射线般照进略微灰暗的屋子，数以亿计粒纤尘在光线里舞蹈，上下纷飞，沉浮起落。光阴有情，也会想起昨日，光阴如梭，它永不停息。留恋即使美好，也只能带来伤感，打点今天，才拥有新的开怀。因此，珍惜今天，这明日的昨天，沏一杯茶，在清香里度过……

「 春 风 里 」

　　跟着小狗撒欢地跑出楼，风一个激灵令人爽心明目，天上有五六颗疏星朗朗，有月儿流连忘返，睁一眼闭一眼。豁然，几声鸟鸣就叫开了混沌的天，像一把声控门的钥匙，"啾啾"声里，春天的天就亮了。

　　一轮红日从云中春然而出，云层便由近至远被渲染成清白、暗黑、彤红的颜色，像是"波谲云诡"那词儿，又像一只多层的蛋糕。偶尔有风披纱而过，原本的厚重静谧的云层刹那间被打破成波涛汹涌的样子，簇拥着阳光在海浪里上下颠簸。突然，红日"噌"一下坐上了火箭，喷薄而出，高高地挂在天空，一览众生，高大的高大，渺小的渺小，天上人间，便分隔开来。

阳光有它的高傲，人间有人间的乐趣。小狗一路跑一路晨曦，从远处都能看到它身披万道霞光，带着红花绿草欢快舞蹈；打太极拳的老者，晨走的中年人，舞鞭的男子，跳舞的女孩……一切尽在欢乐安详。

小广场有个孩子在练滑轮，转弯过急不小心摔倒，引来附近几声惊呼，小孩躺在地上皱着眉，一副痛苦的表情，也没人过去扶一把。有人想看看孩子有没有摔坏，又担心惹出什么麻烦，也就远远地打量着，没人上前。这时才见不远处走来一位老者，孩子看到老人，眼泪马上就要出来了，可老人只说了句：别哭，没有大毛病，就自己站起来。孩子好像听懂了，爬起来，开始，还一瘸一拐的，不一会儿就滑行如飞了。于是，大家明白，老人并不是对孙子放任不管，而是让他学会：能自己爬起来，就绝不依赖。想起我小时候唱的歌谣：小松树快长大，绿树叶新枝丫……那也是发生在春天里的故事，听着这歌曲长大的孩子，现在大都成了支撑这个社会的力量。

小狗调皮，从羽毛球场地叼来一只球，跑到我面前，有人笑着责怪小狗。我弯下腰，想从小狗嘴里拿下那只球，不成想它对我耍了个虚晃，撒着欢地往回跑，跑回场地前丢下球，又跑了回来，然后蹭蹭我，叼着我的裤脚，让我和它往前走。我假装挥手揍它，它比我精明多了，才不吃眼前亏，拔腿再跑。

　　羽毛球场地里一对带孩子的夫妻引人注目，好像在为家里添置什么东西争执着，男人一边和孩子打羽毛球，一边陪着笑脸劝着妻子。女人开始嘟着嘴，耍性子，甚至假装要离开，可在男人的劝慰下，刚刚还绷着的脸，渐渐雨过天晴了。小孩子不管这些，凭借着稚嫩的球技把爸爸打得一塌糊涂。可是，明眼人一看就明白，小孩子的球打出远近，只要没接到，就算父亲输；而当父亲打出的球，打近了，算不过界；打远了，算出界。即便这样，当大人的还是跟孩子玩得不亦乐乎，夸张的动作把孩子逗得哈哈大笑。看着这场景，我恍然间脑子里闪出这样的句子：夫妻相处，拌拌嘴是浪漫，有输有赢才好玩；和孩子相处，只要不是溺爱，孩子开心才是赢。想想，还真有几分道理，忍不住自得了一下。恰此时，有春风吹过，顿觉爽脑舒筋，心情一片大好。